맑은 오늘

맑은 오늘
강남시문학회 사화집 제11호

초판 인쇄 | 2010년 11월 25일
초판 발행 | 2010년 11월 30일

지은이 | 배경숙 외
펴낸이 | 신현운
펴낸곳 | 연인M&B
디자인 | 이희정
기 획 | 여인화
등 록 | 2000년 3월 7일 제2-3037호
주 소 | 143-874 서울특별시 광진구 자양동 680-25호(2층)
전 화 | (02)455-3987   팩스 | (02)3437-5975
홈주소 | www.yeoninmb.co.kr
이메일 | yeonin7@hanmail.net

값 12,000원

ⓒ 강남시문학회 2010 Printed in Korea

ISBN 978-89-6253-076-6 03810

맑은 오늘

배경숙 외 지음

강남시문학회 사화집 제11호

연인M&B

『맑은 오늘』 제11호 사화집을 내며

가을 단풍이 절정에 이른 10월의 마지막 날입니다. 올 단풍은 큰 일교차로 인해 더욱 아름답게 물을 들였답니다. 이 가을 잔치는 자연이 우리에게 주는 큰 선물이 아닐 수 없습니다. 아울러 올해는 유난히도 이상 기온과 기상 이변으로 우리나라를 비롯한 전 세계가 큰 재앙을 겪기도 했습니다. 물론 지금 이 순간에도 지구촌 곳곳에서는 태풍, 지진, 해일, 화산 폭발 등의 자연 재해가 거의 매일처럼 일어나고 있습니다. 자연의 질서 앞에 우리 스스로가 반성해야 할 것이 너무나 많은 것은 아닌지 다시 한 번 생각하게 합니다.

어느 덧 강남시문학회가 11주년이 되었습니다. 척박하고 메마른 이 땅에 문학이란 작은 씨앗을 틔어 봄, 여름, 가을, 겨울, 계절의 순리와 함께하며 겪어야 했던 많은 어려움들과 힘들었던 일들이 새삼 스쳐 지나갑니다. 우리에게 안겨 주고 있는 자연 재해처럼 힘들고 어려운 현실 앞에서도 문학이 더욱 요구되는 이 시대, 이 모임에 함께 동참해 주신 많은 분들의 노고 또한 큰 의미가 아닐 수 없습니다. 그 수고로움에 감사와 고마움의 박수를 보냅니다.

이번 사화집 제목을 『맑은 오늘』이라 붙여 보았습니다. 늘 힘들고 어려운 가시밭길 같은 문학의 길이 우리들 마음속에 항상 맑은 날로 남아주고 그런 좋은 날이 하루속히 다가오길 바라는 기원의 메시지를 담는 것으로 보아도 좋습니다. 절정의 단풍보다 아름답게 물든 『맑은 오늘』 잔치에 여러분을 초대합니다. 보다 많은 분들의 참여를 기대하며 늘 함께해 주신 독자분들과 뒤에서 묵묵히 힘 주시는 분들에게 다시 한 번 고마움의 절을 올립니다.

2010년 가을날
강남시문학회
회장 배경숙

| 차례 |

방지원

배경숙

백우선

신광철

오만환

방지원

- 빈방
- 낙엽을 줍다
- 반음계

〈산문〉

- 대추

빈방

걸을 적마다 출렁이는
빈방 숫자를 헤아린다
늘 욕심에 허기져 누운 방들
높은 영양덩어리로 변환해 주기를 원하는
세상 것들에 의해
넓고 좁고 너덜해진 공간들
그 속에 울림 커다란 동굴 하나는
그를 위해 비워 놓는다

가득 찼다가
어느새 슬며시 달아나는 기억들처럼
아슬아슬
붙들지 못한 손끝 저쪽의
특별한 방 하나
침묵은 스스로 깊어져 아름다운 것인가
사방 벽에 검은 점 하나씩 남기고
훨훨 떠난
자유로운 그의 날개는
무게 단위로 치면 얼마큼일까

낙엽을 줍다

비 오는 밤에 낙엽을 줍는다
바람에 쫓겨 알록달록, 구멍 뚫린
한 생애 뜨거웠을 몸
어디로 갈 생각이었을까
그 몸을 받으며 어리석게도
비로소 가을에 감사한다
내려진 것은 아름답다
애써 불붙게 했던
허무한 것들에게 바쳐진 지순한 사랑
막연한 슬픔과도 길게 혼동되는

지하철 옆자리의 젊은 여인이
안경 밑으로 자꾸 눈물을 흘린다
조붓한 어깨 그녀의 낙엽이 보인다
어떤 풀숲에서부터 바람은 시작됐을까
긴 노선의 어디쯤 그녀가 내린다
그래도 따스한 달빛이 동행하겠지
사붓사붓 낙엽을 밟다가, 혹시
화들짝 위로를 받을지도 몰라

반음계

언제부턴가 가슴에 임시기호를 달았다
반음 올림표 혹은
반음 내림표를 붙여
엉거주춤 퍼즐 끼워 맞추듯
달큼한 억지 화음을 만들었다

돌아보면 세상은 반음계 천지
산새의 노래
꽃이 피고
마음 여닫는 소리까지
임시기호를 단 무수한 모습들
조금은 더 아름답거나 아니거나 묘한 관계
활활 태울 수도
덜 태울 수도 없는 미적지근한 열정
비릿한 구역질을 다스린다

또각또각 대리석 계단을 오르던
온음계의 발자국 소리를 기억하는가
멀찌감치 애틋한
너와 나의 절름발이 운율은
삐꺼덕 성당 나무계단처럼
하늘 껴안은 종소리를 기다린다
반음 높은

대추

　건너편 아파트 중간층에서 좀 밑으로, 그러니까 우리 아파트 주방 창문에서 45도쯤 시선을 내리면 정갈한 커튼을 옆으로 열고 가을 햇볕을 집안 가득 들여놓으시는 노부부가 사신다.

　베란다에 흰 철제 탁자와 의자 두 개, 그리고 화분 몇 개 옹기종기, 큰 항아리와 갸름한 항아리 한 개씩, 동그란 도자기 항아리 두 개가 꼭 맞게 포개져 있고, 작은 단지 두어 개, 빨래 걸이에 한가롭게 걸린 펑퍼짐한 옷들, 변함없는 그분들의 베란다 풍경이다.

　하루에도 몇 번씩 주방 싱크대 앞에 설 때마다 창문을 통해 그분들의 베란다를 엿본다. 햇볕 좋은 날이면 두 분이 창가에서 오랫동안 해바라기를 하기도 하고 아래 누군가를 향해서 손을 흔들며 웃기도 하신다.

　반짝이는 흰 머리카락과 즐겨 입으시는 흰옷이 두 분의 유니폼처럼 아름답다. 확실히 보이지는 않지만, 그분들의 주름 많은 얼굴도 가늠할 수 있다. 늘 정답게 이야기하시다가 차라도 한 잔 하시는지 흔들의자 혹은 철제 탁자에 마주 앉으신다. 가끔은 두 분이 오래 의자에 앉아 앞만 보고 계실 때도 있다. 울산에 사는 외손자가 모처럼 올라온 날엔, 그 녀석도 궁금한지 의자에 올라서서 건너편 아파트를 내려다본다.

　"그 할아버지 할머니 아직도 저기 사셔?"

"궁금했니?"

"그냥, 뭐."

"그래 정답게 두 분이 사시는 모습이 참 좋단다."

그 녀석은 그분들을 귀여운 할아버지 할머니란다. 늘 그분들의 웃음 가득한 얼굴이 그렇게 보이나 보다. 가끔은 나를 보고도 귀엽단다.

그리고 보니 오래전 우리 시댁 큰어머님 생각이 난다. 큰어머님은 작은 키에 유머러스하시고 예쁜 얼굴에 늘 미소를 띠고 계셨다. 우리를 보시면 무슨 말씀으로든지 웃겨 주시고 어찌나 손도 빠르신지 맛있는 음식도 어느 틈에 해 주시고 지금 생각해도 많이 그립다.

큰어머님께서 어느 가을, 대추를 따서 말리시며 그중에서 제일 예쁜 것 한 개를 고르시더니 "이거 날 닮지 않았니? 대추를 보고도 안 먹으면 늙는단다." 하시며 맛있게 잡수셨다. 정말 그 대추는 갸름하고 빨갛게 그리고 적당히 조글조글 마르고 윤기가 자르르 흐르면서 정말 큰어머님을 닮았었다. 맛도 어쩌면 그렇게 달던지, 딸 때보다 수분이 빠져서인지 더 달았다.

마침 오늘, 건너편 할머니께서 베란다 밖으로 난 철제난간 선반 위에 소쿠리를 펴고 대추를 말리신다. 추석 차례에 쓰신 풋대추를 말리시나 보다. 머지않아 그 대추도 그분들만큼 주름살을 늘려갈 것이다.

얼핏, 정 많으시던 시댁 큰어머님 생각이 나서 코끝이 잠시 시큰했다. 아마 큰어머님께서 돌아가셨을 때가 건너편 할머니 연세쯤 되셨을 것 같다.

밤과 대추는 자손을 뜻한다 해서 차례 상에 언제나 정성껏, 빠뜨리지 않고 차려 놓는다. 폐백 상에도 꼭, 밤과 대추는 시아버님께, 육포는 시

어머님께 푸짐하게 신부가 올리는 풍습이 있다.

내 결혼식 때도 친정 고모님께서, 크고 좋은 대추에 꿀물을 뿌려 찌고, 잣을 하나하나 박아 실에 꿰고, 서리서리 둥글게 쌓아 올려 정성껏 준비한 대추와 밤, 그리고 육포 등 다른 음식과 함께 시부모님께 폐백을 드렸다.

요즈음은 폐백 후에 아들 며느리에게 밤과 대추를 던지며 자손을 많이 낳기를 기원하는 덕담을 해 준다. 그래서 나도 우리 아들 결혼식 때, 밤과 대추를 많이 던져 주어야지 하고 은근히 기대하고 있었다.

드디어 아들 결혼식 후 폐백을 받는 시간, 대추를 던지는 순서가 되었다. 그런데 아들과 며느리가 마주 잡은 '절 수건'이 긴장해서인지 충분히 느슨하지 못했던 것 같다. 대추를 많이 던졌는데도 바깥으로 많이 튕겨져 나가고 몇 개만 올라갔다. 다시 한다고 할 수도 없고 그냥 참았지만 오랫동안 께름칙하다. 혹시 그래서 손자가 태어나지 않나 하고 당치도 않는 걱정도 가끔 한다.

며칠 전부터 우리 베란다에도 추석 차례 때 썼던 풋대추가 마르고 있다. 그것들은 쪼글쪼글 빨갛게 말라가면서 큰어머니와 시어머니 그리고 우리 친정 할머니 어머니의 환한 미소와 주름살을 기억하게 한다. 나는 아직 그렇게 '주름살 많은 얼굴은 아니겠지?' 라고 스스로 우겨 본다. 건너편 아파트의 귀여우신 노부부분들도 오래오래 건강하셨으면 좋겠다.

배경숙

고랭지 배추밭

정처 없는 바람을 모아 함께 살자고 했다
바람도 마음먹고 정 붙이며 산 지 몇 해가 되었다
첩첩 봉우리 매봉산도 쓸모가 있을 거라 생각했다
그 산자락에 빛을 닮은 배추를 심었다
마음을 다 모았더니
지나가는 구름이 비켜주고
산을 돌아드는 바람이 시원스럽게 불어주었다
땅에서는 푸른 배추가 튼실하게 자랐다

정 붙이고 살면 사는 게 다 비슷하다는 어르신 말씀이
하늘이 가까운 배추 바다에 꼭꼭 박혀서
우거진 숲이나 꽃밭도 없는
동해바다를 닮은 배추들의 푸르른 정경에
달려오던 초록 바람도 입을 다물지 못했다

이끼

얼마나 흘렀을까
그들이 함께 모여 살기 위해서
낮은 포복으로 생명의 힘을 전달한 시간은
살아 있음을 입증하는 중저음의 낮은 목소리는
바위를 타고 흐르는 가느다란 물줄기와
뭔가를 소통할 수 있는 모든 빛을 초록으로 바꾼다
서로서로 손을 잡고
밤낮으로 어깨와 어깨를 맞대고 초록으로 감싸며
그들끼리의 세상을 만들고 있다
흘러내리는 물줄기를 버티기 위해서 그들은 늘 그렇게
언제부턴가 함께 꼭 부둥켜안고 있었던 것이다

맑은 오늘

오늘 장사가 만족스럽지 못해도 걱정하지 않는다
어제보다 장사를 잘했다 해도 마음에 두지 않기는 마찬가지다
하루를 백 년으로 살 수는 없다는 거다
질 좋은 물건을 좋은 값에 샀어도
농사에 애를 태웠을 농부를 생각하고
내 물건을 다 팔고나서도
이웃 자리를 봐서 서둘러 일어나지 않는다
김장철만 그렇겠는가
언 손 채 녹기도 전에 깊이 패인 손자국이
수십 년의 세월 거기에 얼룩져 있을 것이고
밤이 더 이상 낯설지 않게 낮보다 화려한 어깨를 폈을 것이다
몸을 녹이려고 피운 드럼통 불에 장작 몇 개가 더 던져진다
파란 불꽃이 튀는 소리처럼 새벽을 기다리는 농산물 시장으로
맑은 오늘이 풀풀 걸어오고 있다

치비따 베키아 온천

로마에서 서북쪽 티레니아해, 바닷가로 나간다. 바닷가 마을에서 테르메를 물으니 두 말도 않고 자신 있게 직진해서 왼쪽으로, 고지대 쪽으로 가라고 한다. 테르메는 이태리어로 온천을 뜻한다. 풀이 우거진 들판 어디쯤에 들렀더니 로마 어디서나 볼 수 있는 풍경, 여기도 느려 보이지만 유적 발굴 작업 중이다. 다시 돌아 나와서 찾은 곳이 이건 완전 노천원탕 온천이다. 다시 물으니 또 딴 곳을 가리킨다. 눈치로 봐서 이런 원탕이 몇 군데 더 있는 모양이다. 이 온천은 입장료도 없이 주차비만 받는다.

수영복을 입고 뜨거운 햇살과 온천욕을 즐기는 것이다(시설이 없어 차에서 옷을 갈아입어야 한다). 완전히 자연 그대로, 인공적인 시설이라고는 작은 매점 하나와 담, 돌과 시멘트를 발라 놓은 통로 정도라고 해야 할까 보다. 내가 보기에 세기 전부터 자연적으로 파인, 자연산 그대로인 대리석 탕이 서너 개 있다. 찬물 시설도 없다. 때처럼 이상한 미네랄 성분이 둥둥 떠다니는 탕은 너무 뜨거워서 들어가서 앉아 있기도 힘들다. 이탈리아인들은 땡볕을 상관하지 않지만 무화과나무와 올리브 나무 몇 그루가 그늘을 만들어 주는 탕 가장자리에서 온천욕을 한다. 힘들면 나무 그늘 적당한 곳에 타올을 깔고 쉬면 된다. 은퇴한 노인네

들이 대부분인데 비키니를 입은 할머니들도 팬티 바람의 할아버지도 뚱뚱하든, 살이 늘어졌든 말든 자신의 몸을 자연스럽게 그대로 노출시키고 있다. 이런 가운데에도 근육질의 몸짱 젊은이 몇은 땡볕 아래에서 탕을 내려다보며 몸매를 으스대기도 한다. 참말로 자연산 노천원탕에서 하는 온천이라 주위 풍경이나 사람들의 모습이 특이하기도 하다. 햇살에 반사된 프리즘을 보는 것 같다.

이런 지역을 그대로 둔 이 나라 사람들이 좀은 답답하게 느껴진다. 멋진 온천장이나 현대식 스파가 들어서고도 남을 지역인데 불편하게도 옛날식을 고집하고 있다는 것이, 마음의 위안을 얻는 고향처럼 자연에 기대어 자연 그대로를 두고 자연을 즐기는 이들의 느린 일상을 나도 함께 즐기고 있다는 것이 좀 이상한 딴 세상에 온 것 같다.

하긴 발굴할 줄 몰라서 그러겠는가? 이탈리아는 세계적인 휴양도시, 유명한 온천 지역에 걸맞는 현대의료시설까지 갖춘 지방이 여러 곳 있다. 기술이 없거나 게을러서가 아니라 미 발굴된 수많은 유적 때문일 수도 있다. 좀 전에도 보았듯이 바로 근처가 유적 발굴현장이다. 한편으로는 빠른 것만이 경쟁력이 되는 현대, 이 시대지만 개발만이 능사가 아니라는 그들의 오랜 전통적인 의식에 감격을 한다. 작은 것을 얻더라도 서두르는 법이 없는 넉넉함, 불편을 기꺼이 감수하며 숙성하는데 필요한 시간을 가져 보는 느낌이다. 세상은 한참을 느릿하게, 여유롭게 가고 있다.

이 땡볕 들판의 야생온천에 밤이 오면 완전히 분위기가 달라진다. 어둠이 내린 온천에는 낭만적이고 야한 촛불들이 밝혀지고 반나의 남녀 젊은이들이 속속 모여들어 축제의 밤을 이루는 것이다. 낮은 노인들의 세상이지만 밤은 젊은이들의 세상으로 바뀌는 것이다.

돌아오는 길에 해변의 치비따 베키아 마을 광장에 있는 레스토랑에서 이탈리아 전통 해물 파스타와 피자에 포도주를 곁들여 여유로운 저녁 식사를 한다. 소나무 그늘로 해풍이 불고 고풍스런 마을 분위기를 읽는 즐거움도 빼놓을 수가 없다. 광장 저쪽에는 아이들이 공을 차고 노는데 엄마들이 저녁이라 불러들이는 것이 우리네와 별반 다를 것이 없는 풍경이다.

백우선

나무 의자

한 생을 우뚝 서서 하늘만 우러르다가
수만 잎의 손과 얼굴로 하늘 향해 반짝이며 환호하다가
낮고 낮아져 이제는 또 한 생
몸의 뼈만으로
말의 뼈무늬만으로
더 높은 하늘
사람을 받습니다.
하늘을 낳으며
목숨들 아래 거름을 뿌리는
사람의 둔부를 받습니다.

네가 나를 훔치는 동안

네가 몰래 내 자리의 옆구리를 따고
네가 슬쩍 내 가방을 훔치는 동안
네가 내 돈, 신용카드, 주민등록증, 수첩, 운전면허증 따위를
훔치는 동안
나는 새봄과 함께 있었는데
나는 봄싹, 봄꽃, 봄소리에 나를 잃고 있었을 뿐인데
그 동안에 네가 내 가방을 훔친 것은
그 동안에 네가 내 분신들을 훔친 것은
그 동안의 나를 내게 보이려는 것이었을까?
나도 무얼 훔치고 있었다는
나도 누군가의 땀, 휴식, 기쁨 따위를 훔치고 있었다는
나도 무언가의 목숨의 꽃잎 따위를 훔치고 있었다는 것일까?
그렇다면 너와 나는 동업 중이었던 것일까?
아니면 내가 더 큰 도둑이었던 것일까?

벌레

사슴은 참 용하기도 하지.
내가 뒷산을 오르면서 골똘히 제 생각을 했더니
바로 눈앞에 나타난 거야, 사슴벌레가 되어.
갇혀 지내자니 그 수밖에 없었겠지.
얼마나 급했으면 뒤꼭지뿔을 앞턱에다 달고 날아왔을까?
둘이 한참을 손 맞잡고 눈을 맞추었지.
어두운 두 눈엔 비마저 묻어 있었어.
시계와 마이너스 통장에 갇힌 내 몰골 탓이었을까?
나도 아예 아주 그럴싸한 벌레가 되어
애틋하게 찾아주는 이나 맞아 보려 언젠가는
내가 나를 연민해 마지 않았으나
지나는 이들이 발로 툭툭 차면서
일벌레, 돈벌레도 아니라는 거였어.

〈산문〉

한여름 밤의 꿈

　전주에서 실제로 있었던 일이니까 사실은 꿈이 아니다. 그러나 아무리 생각해 봐도 꿈만 같아서 꿈이었을 것이라고 여기고 있다. 미리 계획했거나 예상했던 일도 아니었다. 시간도 예사 시간이 아니었다. 사람들도 아는 분들만의 모임도 아니었으니, 어느 모로 보나 꿈이라고 할 수밖에 없는 일이었다.

　지난 8월 28일은 토요일이었다. 한국동시문학회 전주문학기행을 1박 2일로 떠났다. 전세버스를 타고 전주 동학혁명기념관에 도착해서 3시부터 동시낭송회, 동시읽는어머니모임 전국대회 등 공식행사를 마치고, 이름난 전통 한정식 집에서 푸짐하고 거나한 만찬과 여흥을 즐겼다. 당연히 이어질 2차를 갖기 위해 회원이 손수 담가온 다래술, 복분자술을 들고 전주에서 가장 이름난 한옥 숙소인 '학인당' 거실에 모였으나, 이 집에는 금주 규정이 있었다. 할 수 없이 술은 미뤄두고 여주인이 내놓은 차를 마시며 집 소개를 듣고, 회원의 시조창과 시낭송까지 듣고 나니, 밤은 11시 가까이로 깊어져 있었다. 참석자들은 잠자리나 진짜 2차 자리를 찾아 흩어졌다.

　나는 노래방에 합류하기로 반쯤은 약속해 놓은 상태였는데, 집행부 간사로부터 자기들이 있는 카페로 빨리 오라는 전화를 받고는 그곳으

로 갔다. 회원 넷과 회원의 지인인 스님이 있는 그곳에서는 남자 가수
가 열창 중이었다. 조금 전에는 여배우의 다소 전위적인 퍼포먼스도 있
었다고 했다. 맥주와 소주를 각자 취향대로 마시면서 앵콜곡도 듣고 또
한 명의 가수 노래도 들었다. 잘 알려진 가수는 아니지만, 기타를 치고
하모니카를 불면서 열창하는 모습은 보기에 좋았다. 시각은 12시가 가
까워지고 있었는데, 스님과 스님의 지인인 회원은 진짜 전주의 멋을 맛
볼 수 있는 곳으로 가자고 했다. 차로 가야 한다고 했다. 망설여졌다.
잠자리에 들거나 숙소 근처에서 우리끼리 오붓하게 마무리 시간을 가
졌으면 하는 마음이 앞섰다. 어떡할 거냐고 은근히 걱정하는 회원도 있
었다. 나는 전주와 스님을 믿는 마음으로 가자고 했다. 택시에 여섯이
함께 타고 이동했다.

이미 자정이 지난 뒤에 도착한 곳은 평화동의 국악카페였다. 넓은 곳
에 손님은 없고 스님을 한참 기다리던 분들 셋만 있었다. 모두 아홉 명
이 자리를 잡고 앉아 간단한 인사를 나누었다. 맥주와 소주를 마시면서
그분들의 공연이 시작되었다. 그곳에는 국악기와 음향시설이 갖춰진
무대가 마련돼 있었고, 서화, 서예, 시서 등이 벽이며 기둥에 걸려 있었
다. "날씨야/네가 아무리 추워 봐라/내가 옷 사 입나/술 사 먹지"—지
금 함께하고 있는 소야 스님의 시 '술타령'도 보였다.

한 분이 공연 준비를 위해 자리를 비웠다. 새로 맞춰 둔 옷을 일부러
이 자리를 위해 처음 차려입고 살풀이춤을 추겠다고 했다. 비단 고깔과
긴 팔 명주옷을 입고 무대에 올랐다. 반주 음악에 맞춰 진지하고도 정
성을 다해 춤을 추었다. 바로 이어서는 바지와 저고리 차림으로 맨살풀
이춤을 추었다. 눈길과 손놀림, 발동작 등 누군가에게 맺힌 살을 간절
한 몸짓으로 풀어주어 즐거움으로 인도하려는 춤이 틀림없다는 생각이
들었다. 공연이 끝나면 술자리로 돌아와 술을 함께 마시며 이야기를 나

누다가 돌아가면서 또 공연을 계속했다. 대금 연주와 퍼포먼스가 이어 졌고, 가야금 탄주와 병창도 있었다. 나는 정말 꿈인 듯만 했다. 중간에 여자 가수도 합류해 모두 열 명이 됐다. 스님도 노래했고 우리도 노래 하며 춤을 추었다. 스님이 이들과 노래하는 것은 처음이라고 했다. 술 병은 연신 비워졌으며 노래와 춤은 계속되었다. 그들은 '앵콜'이나 '재 청' 대신 '이서, 이서'라고 했다. 알고 보니 '이어, 이어'(잇다)였다. 소 주와 맥주를 섞을 때에도 '비벼줘'라고 했다. 비빔밥의 고을 전주용어 다웠다. 노래와 춤과 술, 멋과 흥과 인정에 취하다 보니 네 시가 넘었다. 그들 다섯과 우리 회원 다섯, 프로 춤꾼과 명창과 연주자이며 가수인 그 들과 완전 아마추어인 우리가 한데 어우러지고 승속이 또 비벼져서 한 바탕 신명나는 '한여름 밤의 꿈' 같은 시간을 이어이어 4시간 동안이나 누렸던 것이다.

　헤어질 때에 받은 명함을 보고, 뒤에 들어서 알게 된 그들의 신분은 전주지역에서 활발하게 활동 중인, 공인된 국악인이며, 예술인이고, 교 수이며, 예술단의 단장이고 단원들이었다. 며칠이 지난 지금까지 생각 해 봐도 꼭 꿈에 있었던 일인 것만 같다.

신광철

- 장미
- 곳
- 생

〈산문〉
- 한국의 길

장미

장미는 뜨거운 심장을
회오리바람으로 말아 올려
중심에 꽃을 피운
사랑의 성전이다

생명현상 중 가장 목마른 기적, 사랑
비를 맞고 있지만 목마르다
바람의 몸을 입고 있어
너는 내 안에 있지만 그립다

사랑에 도도한 장미는 가시를 기른다
휘몰아치는 회오리의 중심에
한 사람만을
들이겠다는 은장도다

곳

사랑은 종교다, 사람이 사람으로 태어나는 최초의 장소다.

꽃이 피는 소리 천둥처럼 들려오거나
한 사람이 명치에 벼락처럼 꽂혔다면
산 것처럼 산 것이다.

곳은 사람 안에 사람이 들어 있는 신비한 장소. 2미터도 안 되는 깊이
지만 사람 안으로 들어가 헤어 나오지 못한 사람 많다. 한방 눈빛으로
도 간다. 100킬로그램도 안 되는 몸이지만 그곳에는 태풍과 고요, 천국
과 지옥, 눈물과 까르르 숨넘어가는 웃음 … 모든 낙원이 발원하고 모
든 꿈들이 소멸한다. 사랑의 장소, 곳. 곳은 휴화산이었던 생명을 다시
발원시키는 살아 있을 때 살게 하는 장소다.

곳에서는
사람이 신보다
아름답다.

생

산다는 일은 폭력에 견디는 일이다. 시간의 발자국은 벌판에 내놓여
진 생명을 소나기처럼 밟고 지나간다. 퍽, 퍼벅. 슬픔이 한 방을 날리고
간다. 생의 어느 한 곳도 폭력을 피할 길이 없다. 인생이 준 선물, 오늘.
일직선으로 흐르는 시간을 수직으로 뚫고 꽃은 피어난다. 세상은 순간
아름다움으로 찰랑찰랑하다. 퍽, 퍼버벅. 또 고난이 주먹을 날리고 간
다. 그래도 꽃은 바람으로 핀다. 생은 넘어지게 되어 있다. 어차피 일어
서는 것을 배우는 것이 생이다.

퍽퍽, 퍼버버벅. 이번엔 주먹을 불끈 쥐고 생의 폭력에 맞장 뜬다. 인
생에 덤벼드니 통쾌하다. 모딜리아니가 그린 여인의 빈 눈에 담긴 파란
하늘. 그 하늘 아래 바람이 분다. 지상에 사는 것들은 바람을 피할 길
없다. 산 것들은 모두 바람의 냄새로 그윽하다.

한국의 길
―바람이 불어오고 바람이 불어가고, 강물이 흘러오고 강물이 흘러가고

인도의 갠지스강을 배로 거슬러 올라가며 화장터에서 사람을 태우는 의식을 보았습니다. 장작더미 위에서 한 사람의 인생이 불로 사라지더군요. 그래도 뜨겁게 사라져서 다행이었습니다. 열정으로 산 인생이었겠지요. 하지만 갠지스강 위로 불어가는 바람은 내게는 왠지 서늘했습니다. 남미의 볼리비아의 거친 산을 넘어가면서 풀만 겨우 자라는 척박하기 이를 데 없는 곳에서 양떼를 몰고 다니다 식은 음식을 꺼내 먹고 있는 인디오들을 보았습니다. 진흙으로 지은 집들은 빗물에 젖어 무너지고 있었습니다. 차고 거친 바람이 불어가더군요. 띠띠까까 호수를 뗏목배로 건널 때에는 살아 있음이 바람 같았습니다. 인디오들의 수도였던 페루의 쿠스코에서는 비가 내리는 날에도 우산을 쓴 사람들이 보이지 않았습니다. 얼굴에는 웃음도 슬픔도 담지 않은 담담한 표정으로 보도 위를 걸어가고 있었습니다. 그들은 당당해 보였습니다. 그곳에서도 바람은 불더군요.

저는 지금 네팔의 카트만두에서 만났던 풍경들이 다시 보고 싶습니다. 산악국인 네팔의 산은 높았습니다. 높은 바람이 불어가고 있었습니다. 어디에나 바람은 불고 있었습니다. 사람 사는 마을에는 쉬지 않고

바람이 불어오고 불어갔습니다. 바람 속에서 걷는 바람과 같은 여행이었습니다. 그 바람 부는 세상에서 만난 사람들은 강인한 삶을 일구어 가고 있었습니다. 저는 그들이 부러웠습니다. 황량한 곳에서 견디어 내는 굳센 구릿빛 얼굴이 그랬습니다. 저는 왜 오지에서 만났던 사람과 풍경들이 그리워지는지 모르겠습니다. 안락했던 나라들의 도시와 시골도 있지만 가난하고 힘들었던 곳에서 생을 엮어가고 있는 사람들이 다시 보고 싶습니다. 힘든 환경에서 열정적으로 살아가고 있는 반짝이는 눈이 그리워집니다.

힘들었던 여행에서 돌아와 조국, 한국의 산하를 걸었습니다. 우리의 산과 들과 사람에게는 특별함이 있습니다. 한국인 특유의 고소한 맛이 납니다. 단맛이 납니다. 자신이 태어나고 자란 곳에서 느끼는 자궁 안의 안락 같은 것인지도 모르지요. 여행지에서 허전한 바람이 불었던 가슴에는 흐뭇한 미소 같은 꽃이 피어나는 것을 느끼고는 했습니다. 태초의 편안함 같은 것인지도 모릅니다. 우리가 가진 삶의 안팎 풍경은 참 아기자기하고 살뜰한 열정을 가지고 있었습니다. 무엇보다 가슴 안에 돌고 있는 피는 뜨거운 그 무엇이 있었습니다. 그것은 자연을 받아들이는 우리의 태도였습니다. 참 맛깔스러운 것이었지요. 능청스럽게 하늘을 끌어안고 강물을 받아들이고 있었습니다. 한국미의 으뜸은 자연미였습니다. 우리의 전통마을에서 만났던 돌담과 한옥의 천연덕스러운 멋은 어디에 내어놓아도 넉넉한 행복일 거라고 생각했습니다. 한국미의 특별함을 우리보다 밖에서 먼저 알고 찾아오고 있습니다.

인생의 굽이를 다 겪은 길이 산허리를 끌어안고 휘어져 돌아가고, 언덕을 오르고 내리며 들꽃을 안고 있는 풍경을 보았습니다. 들풀이 피어 있는 그곳에도 바람은 불더군요. 나풀거리며 꽃대를 세워 길을 배웅하고 있었습니다. 풍경을 바라보는 나그네는 더없이 고운 꿈을 꾸고 싶었습니다. 인생이 꿈이라는 데 그보다 더 깊은 꿈을 꾸고 싶었습니다. 몽환이어도 괜찮을 거라고 생각했습니다. 우리의 길은 아지랑이가 피어오르는 봄이나 뜨거운 열기로 몸을 달구는 여름이나 낙엽이 굴러가는 가을, 다 아름다웠습니다. 그리고 길에서 길을 잃을 걱정으로 살아가는 사람들도 있었지만 각자의 생을 보듬어 안고는 제 길을 가고 있었습니다. 사람의 몸에는 길이 들어 있습니다. 산다는 건 자신 안에 있는 길을 풀어놓으며 가는 것이지요. 거미가 실을 뽑아 허공에 길을 만들듯이 사람도 자신 안에 있는 길을 내어놓으며 살아가는 것이었습니다. 어느 인생도 어느 인생에게 충고를 할 수 없음을 보았습니다. 인생의 무게는 같은 무게였거든요. 서울역 앞을 서성이는 노숙자의 인생이나 다국적 기업을 이끌고 있는 인생이 다르지 않은 무게였습니다. 비행기로 세상을 빠르게 가고 있는 사람이나 소가 끄는 달구지를 타고 가는 농부의 인생은 다르지 않았습니다. 같은 등위의 등고선에 있었습니다. 같은 무게로 형평을 이루고 있었습니다. 소가 끄는 달구지를 타고 가는 농부의 등 위로 따스한 바람이 불어가고 있었습니다. 겨울이 오겠지만 걱정할 일 아닙니다. 겨울을 건너야 봄이 오는 것을 먼저 알고 있는 농부는 웃고 있었습니다. 아주 넉넉한 웃음을 얼굴 가득 담고 있었습니다.

우리의 산과 강은 사람을 넉넉하게 안아 주고 따뜻한 아랫목처럼 몸을 덥혀 주었습니다. 포근하지요. 젊은 날에는 하루 종일 걷다가 산에서는 산기슭에서, 들길에서는 풀숲에서 대자로 누워 자고는 했습니다. 피곤한 생에 대한 애착이 없었음에도 왜 그리 떠돌아다녔는지 모르겠습니다. 자다가 깨어나면 다시 걷곤 했지요. 마을을 못 만나면 굶기도 했고 이름 없는 마을과 산으로 들어가 지칠 때까지 걷기만 한 적이 여러 날 있었습니다. 지금도 기억에 남는 곳 하나는 대전역 광장입니다. 아스팔트 광장에서 한여름 날 신문지를 깔고 덮고 자는데 구두 발자국

소리가 저벅거리며 제 옆으로 지나갔습니다. 소리가 들리는 대로 좋더 군요. 깊은 잠에 들었습니다. 아침에 올 때까지 구들장처럼 따뜻했습니다. 대접을 받은 기분이었습니다. 눈을 부비고 일어나 다시 다른 행선지를 찾았습니다. 지금도 대전역 광장을 지날 때면 그날의 온기 어린 길바닥이 준 고마움을 되새기곤 합니다. 여행을 편안하게 하는 것은 가공식품을 먹는 것과 같습니다. 저는 여행을 하면서 목적지를 정해 놓고 다니지 않는 버릇이 있습니다. 그날 마음이 시키는 대로 떠나는 것이 전부였습니다. 휴대전화 없이 세상을 살고, 우산이 없이 세상을 살아가는 제게는 그렇게 바람처럼 떠돌아다니는 것이 여행 같았습니다.

여행을 하려면 혼자 하고 거친 것을 받아들이는 마음이 중요합니다. 여행지에서 숙영을 하면 더욱 좋고 적어도 민박을 하는 것이 기억에 남습니다. 젊은 날에 여행을 할 때면 텐트를 매고 다녔지요. 마음이 내키는 곳에 텐트를 치고 혼자 밤을 맞으면 적막과 고요와 직접 만나게 됩니다. 모든 생각이 자신 안에서 용광로처럼 끓기도 하고 고요해지기도 하지요. 어둠이 깊다는 말을 실감하게 됩니다. 하늘엔 별이 쏟아질 듯 가득합니다. 새소리만 멀리 또 가깝게 들려옵니다. 등불 하나에 의지하고 있다가 잠이 오면 그 등불마저 끄고 잠 속으로 빠져드는 게지요. 지치고 나른한 몸은 잠잘 때만큼은 축복입니다. 한여름 날 소나기처럼 잠이 밀려오는 것을 받아들이면 벌써 아침이 옵니다.

진정 자신을 사랑하는 사람이라면 세상을 밝히려고 등불을 켜지 마시고 자신 안에 등불을 켜야 합니다. 그리고 고난을 피하려 하지 말고 받아들이는 순간 자신 안에 있던 샘에서 샘물이 솟아오릅니다. 열정도 되살아납니다. 고난이 없다면 인생도 밋밋했겠지요. 피할 수 없다면 온몸으로 받아들여야지요. 농부가 끌고 가는 달구지에서 짐을 내려놓으면 무엇으로 살겠습니까. 아침 출근길에 들고 가는 가방 안에 들어 있는 짐이 살아가는 힘이지요. 인생은 짐 진 자들에게 복이 오는 것이더군요. 할 일이 없다는 것만큼 지루하고 힘든 일은 없습니다. 목적이 없는만큼 크게 길을 잃어버리는 것은 없습니다.

길은 길을 부르며 떠나갔습니다. 저는 그 길을 따라 여행을 했습니다. 아름다운 길, 역사적인 길, 그리고 원형적인 길에서 많은 생각을 했습니다. 산다는 일은 분명 쉽지 않은 여정이지만 살아내는 일은 위대한 일이었습니다. 아름다운 일이기도 했습니다. 다시 저는 짐을 꾸리겠지만 돌아오기 위해 떠나는 것이니 가벼운 마음입니다. 여행은 분명 돌아오기 위해 떠나는 것이었습니다. 여행의 최종 목적지는 결국 출발 지점이었습니다. 바람과 함께 다시 떠나가고, 바람과 함께 다시 돌아오겠지요. '길'이란 글 하나 내려놓아 봅니다. 아울러 책을 만들고 사진을 찍기 위해 현장을 함께한 이인구 사장님께 감사를 드립니다.

사람 속에는 길이 하나씩 들어 있다

바람이 막 지나는 길목에
실을 뽑아 거미줄을 치는 거미처럼
사람은 몸속에
숨겨놓았던 길을
뽑아내 길을 만든다

사람은 길을 잃을 수가 없다
어느 길을 선택해 가더라도
내 몸속에 있던 길이다

―신광철의 〈길〉

먹은 것이 없음에도 체증이 생기는 걸 경험하게 됩니다. 체증을 내려가게 하는 것도 실은 아주 사소해 보이는 교감에서 오더군요. 체증이 내려가고 웃음이 파안일 때가 인생에 몇 번이었을까. 나는 살아 있음을 눈물 나게 그리워한 적이 있었던가, 생각해 봅니다. 아무 말도 못하고 높아만 간 하늘에 구름이 시간을 건너는 풍경만 바라보게 되지요. 진정 나는 나를 사랑했는가에 대하여 대답하기 막막했기 때문이었습니다. 굽은 허리 이끌며 돌담을 돌아가는 한개마을의 길도, 성주의 왕자의 태실을 따라 올라간 계단길도, 그리고 잉카의 하늘 밑에 난 길과 갠지스 강을 거슬러 올라간 뱃길마저도 아무런 관련 없이 독립된 듯해도 모두 만나고 있었습니다. 지상의 길들은 모두 실핏줄처럼 길을 통해 하나로 만나고 있었습니다. 길은 소통이었습니다. 하나의 고리처럼 이어져 있었습니다. 산다는 건 누군가와 다르게 걸어온 길을 어느 순간 공유하는 것인지도 모릅니다. 길이 그랬습니다. 소통을 통해서 공유하는 공감의 서사였습니다. 사람 사는 세상에서 가장 큰 마무리는 공감이더군요.

길이 부르면 다시 떠나야지요. 하늘 아래 바람 있고, 바람 아래 사람이 살고 있었습니다. 길을 따라 걷다 보면 서성이던 눈물을 만나기도 하고 살아온 삶에 대한 참회와도 만나지요. 길이 끊어진 곳에서 다시 길은 만들어지고, 길이 사라진 곳에 누군가 다시 길을 내고 있습니다. 삶은 산 사람들이 길을 여는 축제였습니다. 고난은 주저앉으라고 있는 것이 아니라 축제이게 하기 위해서 만들어 놓은 장애지요. 장애물 경기 같은 거였지요. 우리가 80살을 살아야 3만 일 정도를 사는 것인데 같은 오늘이란 날로 살거든요. 질리지요. 지루하고. 그러기에 극복하는 재미로 살라고 마련해 놓은 것이 고난이거든요. 아니라고요, 그럼 말고요.

길은 정주한 자들의 집에도, 떠도는 유목민의 게르와도 만나고 있었습니다. 수렵의 원시세계에 난 길도 문명의 도시에 다듬어진 포장도로와 만나고 있었습니다. 독립과 인과는 하나의 길에서 만나고 헤어지고 있었습니다. 길을 잃어야 천국을 만날 수 있다는 말을 남기고 갑니다.

오만환

- 봄 산에 가면
- 구름 위의 약속
- 말매미

〈산문〉
- 허난설헌과 송덕비

봄 산에 가면

햇볕이 옷을 갈아입히는
희망의 속삭임을 듣고
저 아래로 한 발짝 한 발짝
깨금발도 뛰면서
즐겁게 여행하는 물과
이름 모르는 풀과 꽃과
엉켜서 정겹게 살아가는 민생(民生)을
포개어 바라보면서
식은 눈으로, 그러나
한없이 사랑하는 마음으로
우리의 오늘을 들여다봅니다

불쑥불쑥 기기묘묘한 바위들
이루지 못한 삶의 꿈이기도 하고
그렇게 보면 꼭
누구누구의 마음 같아서 더 한 번 보고
얼마 후 다시 오게 되는 인연을 만듭니다

기지개 켜는 하늘을 올려다보며
게으른 나를 달래고 채찍질하며
나물 캐듯
다양한 빛깔을 속에 담아 부자가 됩니다
할미꽃이나 개동백

꽃망울을 만나면
돌아가신 외할머니와
유치원 갓 입학한 조카딸의 웃는 얼굴을
영화처럼 감상하게 됩니다
봄 산에 가면

구름 위의 약속

우비를 입고 한 시간 넘게 기다렸다
새벽 세 시 천문봉
비바람 쌩쌩 휘몰아치더니
치마를 올렸다 내렸다
쨍! 쨍— 와! 와—
넓은 산야, 가도 가도 옥수수 콩밭
또 오겠노라
벽돌집 짓고 과수원 만들고 꿀도 따며
염소와 양 소를 키우겠노라

산처럼 싱그럽고 진달래 볼 붉은
착하고 예쁜 조선족 아가씨
우리말 차창 밖 논은 모르고
수전(水田)이 맞다 한다
이름이 이단 참말로 이단인데
박수 많이 치시면 오단
구단도 될 수 있지요
연변 방송에서 어린이가 불러 눈물 쏙 뺐던
노래 한 곡 하겠어요
'엄마 곱니 아빠 곱니'

아빠는 병석에 누워 계시고
엄마는 동생 학비 대려고 충청도 가서서

걱정이 많습니다
돈도 좋고 공부도 좋지만
모여서 살았으면…
사나이 가슴에 꽃비가 뿌려
도랑물쯤 되었는가

엄마 보러 서울 가 전화해도 괜찮지요
물론 당근이지 영종도 공항에서
아니 메일로 연락하면 몰려 나가지
(잘 있느냐 구름에게 묻는다)

말매미

개울에 갔습니다
장마철인데 찰방찰방
발목만 적셨습니다
냇물에게 물었습니다
매미가 울면서 답을 합니다
울어도 시원치가 않다고
한밤중 여의도 아파트에도
매암 매암, 미음 미움
겨드랑이를 비벼서 소리를 내는
매미들의 기다림
그 몇 배의 울음을 아프게 삼켜 온 눈물들
뜬눈으로 텔레비전을 보면서
어머니! 어무이
이놈아 어데 갔다 이제 왔니
그래 자전거 사왔나

50년 수절한 우리 사촌 형수
올봄 돌아가셔서 울고 울고
형님을 막대기로 깎아서, 깎으며 울고 묻으며 울고
이제껏 온 가족들 소식이라도 올까?
냇물이 마른 이유를 미음 미음, 미움 미움
엉엉엉, 더 이상의 슬픔이 아니라고 울면서
그렇게 울면서 희망이라고,
속을 비우며, 매암 매암

'대전에서 평양까지/아들의 꿈속을 오가느라 고단하셔서/두 배로 늙
으신 어머니/아들을 안아 보지 않고는/눈을 감을 수 없다는 믿음도 버
리고/그래서 일찍 가실 수밖에 없었던/어머니, 어무이!'
  그 사랑에 오열하는 오영재의 시를 읽으며
  서정시 맞다고 가슴을 떨면서
  음 음, '말매미' 가 되었습니다

허난설헌과 송덕비

살면서 '고맙다는 말, 사랑해요' 이런 표현은 어느 때가 좋을까. 스스로에게 이런 질문을 하곤 싱겁게 웃는다. 짧은 생에 커다란 아픔 앓이만을 하다가 젊디 젊은 나이에 자는 듯이 세상을 떠났다고 하는 비운의 천재 시인 허난설헌.

秋淨長湖碧玉流 가을날 맑은 호숫물 옥돌처럼 흘러가고
蓮花深處繫蘭舟 연꽃 피는 깊은 곳에 난초 배를 매놓고서
逢郞隔水投蓮子 당신 보고 물 건너서 연꽃을 던졌는데
或被人知半日羞 혹시 누가 봤을까 봐 반나절 부끄러웠네
　—채련곡(采蓮曲)

문학에 대한 열망으로 가슴 부풀었던 서른 즈음 허난설헌 누님의 이 시는 떨림으로 '사랑이란 이렇듯 설렘이면서 부끄러움이구나' 하고 동경과 애틋함을 키워 왔었다. 강릉 초당리 생가와 문학공원의 솔숲에서 그 무덤이라도 찾아가 보겠다 다짐하고 얼마나 먼 길을 돌아 여기에 온 것일까? 시험지 여백에 채련곡을 인쇄해선 머리 맑아지게 읽어 보라 반쯤 강요도 하고…… 가을 햇볕이 쌀알 살찌우는 소리 들릴 듯, 맑은 하늘은 〈채련곡〉의 분위기를 그대로 연출하면서 라디오는 '여성의 권익 신장과 유라이프' 새로 만드는 십만 원권 화폐에 허난설헌의 초상을 넣

는 것이 좋겠다는 논의를 들려준다. 묘역 주변 4개의 굴을 뚫고 국가기간망으로서의 역할을 충실히 하는 듯 자동차들은 제한속도를 超越(초월) 질주한다 .

속도를 옆에다 버리고 곤지암에서 거꾸로 초월초등학교 앞을 지난다. 곡선을 감상하며 느리게 가다 보니 멀리 퇴촌 방면 해공(신익희)길 표지판도 눈에 들어오고 광주(廣州) 장례식장 옆 묻고 묻지 않아도 발아래 예쁘고 아담한 '허난설헌 묘소' 가는 길, 누님은 가깝게 있었고 내 성의가 없었던 탓이다. 고향(진천)을 다녀오며 '안동 김씨 서운공파묘역' 차에서 내리지도 않고 딴 곳에 온 줄로 생각하여 발길을 돌렸던 아둔함이 까끌까끌 살갗을 파는데 도열한 무궁화 울타리와 야생초들이 반가움으로 한껏 팔을 벌린다. 제각(祭閣)을 지으려 쌓은 목재와 새참을 드는 사람들, 뜻밖에 발목을 붙드는 송덕비를 만난다.

(자료로서의 의미와 희소성을 귀하게 여겨 소개)

'본 중부고속도로를 건설함에 있어 도로 개설에 필요로 하는 안동김씨 書雲觀正公派宗中 토지 2만여 평을 흔쾌히 수용케 했을 뿐만 아니라, 문중사대 호당과 육대 銓郎家門의 열 선조이신 칠세 중 영의정 남강공 諱 弘度, 팔세 중 도승지 諱 瞻, 구세 중 이조참판 西堂公 휘 誠立과 배위 조선조 여류시인으로 동양 삼국에 명성을 떨친 허난설헌묘(경기지방문화재 제90호), 평창군수 老隱公 諱 正立 묘 등 십육 기를 면례함으로서 국가기간망 도로를 건설하게 되었습니다.

이는 안동 김씨 문중이 유교적 전통을 깨고 국가 발전과 국리 민복을 위하여 헌신적으로 적극 협조하지 않고는 이루기 어려운 일로서 이를 높이 평가 찬양하며 심심한 감사를 드리고, 아울러 본 공사로 인하여 전통적인 문중의 맥과 정기가 훼손되지 않고 후세에도 계속 이어 받아 문중이 발전하고 대대손손이 번성하여 가문을 빛낼 뿐 아니라 국가와 사회에 더욱 봉사할 수 있기를 진심으로 기원하고저 이 비를 세워 드립니다.'

서기 2000년 3월/시행자 : 한국도로공사/건설사 : 쌍룡건설주식회사
1차 : 1985. 9~1987. 12/ 2차 : 1997. 8~2000. 9

면례송구사(緬禮悚懼辭)

'안동 김씨 서운공파의 후손들이 근 500년을 유구하게 보존해 온 조상의 유적을 보존하지 못하고 한국도로공사가 시행한 중부고속도로의 건설로 광주군 지월리 일대 종중 토지 중 2만여 평이 도로용지로 편입, 수용되고 지월리 산30 임야에는 도로터널 4문이 건설되어 새로운 형태로 그 자취를 감추게 되니 불승불모의 후손됨이 심히 부끄럽고 한스러울 뿐입니다.

더욱이 이곳 鏡水山과 老隱沼는 山紫水明하고 정기가 넘치는 명당으로 명종때 문과에 장원급제하시고 호당(湖堂)이 되셨던 칠세 贈大匡輔國崇錄大夫 영의정 휘(諱) 홍도(弘度)(서기 1524~1557)와 선조 때 문과에 급제하시고 호당에 드셨던, 팔세 중 통정대부 휘(諱) 첨(瞻)(서기 1542~1584), 임진왜란 당시 왜적과 항전 중 순국하신 구세 중 가선대부(嘉善大夫) 이조참판 성립(誠立 1562~1592)과 배위(配位) 許蘭雪軒, 인조 때 평창군수 老隱公 諱 정립(正立 1579~1648)의 묘 등 16기를 모셨던 묘역으로 부득이하게 면례(緬禮)하여 그 자리에 원형으로 수호하지 못하였으니 우리 후손들의 미력(微力)을 송구스럽게 생각합니다.

우리 문중은 선조의 유적수호보다는 국가발전과 국리민복을 우선함이니 열 선조께서도 관서(寬恕) 시혜(施惠)로 이전과 같이 문중의 발전과 후손의 번영이 계속 이루어지도록 굽어 살펴 주시옵소서. 앞으로도

숭조목족의 일념으로 선조의 위업을 받들고 종문을 위하여 전심전력을
다하여 노력하겠나이다.'
　안동 김씨 서운공파 종중회/이사장 돈영 부이사장 원영, 재준/23세손
상호, 근찬

　그렇다. 차선이나 갈등이 왜 없었을까? 도로공사와 건설사 종중, 문중
보다는 국가 이익과 국민의 행복을 우선하여 도로가 개설 되도록 땅을
내어주고 협력한 종문(宗門)과 그 결정을 높이 평가하여 그 정신을 기
리는 일, 늦었지만 참 잘들 하셨구나 하는 느낌이 온다. 벼슬의 높이만
을 따지는 척박한 풍토에서 종중 또한 유적을 수호하지 못한 불가피한
경위를 밝히고 송구함을 빌며 현대적 의미의 숭조목족(崇祖睦族)과 후
손의 번영을 기원하는 일이야말로 또한 그러하다. 이런 배려와 깨끗한
마무리가 사회를 튼튼하게 하고 여유롭게 할 것이라는 생각을 가지며
贈貞夫人陽川許氏之墓 앞에 큰절을 올리고 묘비를 읽어간다.

　'굴욕만이 강요되던 질곡의 생활에 숨 막혀 자취도 없이 왔다가 간 이
땅의 여성들 틈에서도 부인은 정녕 우뚝하게 섰다. 난처럼 청아한 용자
에 예 비범했던 부인은 가슴 가득한 한과 곱게 가꾼 꿈을 작품으로 승
화시켰으니 인구에 회자되는 시와 문으로 해서 부인의 참모습은 오늘
에 살아 있다.
　부인은 조선 명종 20년 계해에 초당선생 許曄의 따님으로 강릉 초당
리에서 태어났다. 본관은 양천, 호는 난설헌이다. 筬과 荷谷 篈을 위로
蛟山 筠을 아래로 세 오라비를 두니 모두 문사로 일세를 풍미한 기재들
이다. 안동 김씨 하당 瞻公의 아드님 서당 誠立公에게 출가하여 남매를
두었으나 기르지 못했다. 어머니와 아내로서의 복을 다하지 못하고 선

52

조 22년 기축 3월 19일 27세로 짧은 일생을 마쳐 수마저 누리지 못하니 흔히들 夢遊廣桑山의 시참(詩讖)을 입었다 하기도 한다. 슬프다 하늘은 어찌 시인에게 壽와 福을 함께 주지 못했던가.

　부인의 글은 친정에 보관되었던 것을 균이 편집하여 明使 朱之蕃, 梁有年에게 주어 몰 후 18년인 선조 39년에 중국에서 처음으로 간행되었고 우리나라에서는 숙종 18년에 간행한 목판본 난설헌집이 최초의 것이 된다.

　200편이 넘는 시 작품에는 그 사상이 세 가지 경향으로 간취되는데 일은 신비주의를 추구함으로써 현실의 환멸에서 초탈되려 함이니 장편시 遊仙詞가 그것이요. 이는 宮詞류에서 貧女吟에 이르기까지 閨怨과 고독의 상처가 다소곳이 엮어져 한숨으로 얼룩진 여인의 소회를 대변한 것이요. 삼은 哭子와 寄荷谷 등에서 뼈저린 숙명의 고뇌를 표출해낸 것이다. 부인은 길지 않은 시작 생활에서도 많은 걸작을 내었건만 임종에 앞서 이를 모두 불사르게 하니 펴지 못한 꿈을 함께 거두어 가고자 함이었던가 회진 속에서 한 묶음 글이 친정에 보존되어 그 편린이 오늘에 전함을 다행으로 여길 수밖에 없다. 스스로 버리려 해도 주옥은 제 빛을 잃지 않아서 나라 안 밖에서 책이 되어 나오고 오늘의 국문학계에서 부인을 추앙하는 소리 날로 더해 가고 있으니 문학사상 부인의 명성은 영겁에 빛나리라.'

　ㅡ문학박사 이숭녕 지음/14세손 정호 삼가 씀/1978. 3월 안동 김씨 書雲觀正公派宗中 세움

　祭閣 공사의 감독을 맡아 보는 11대 후손에게서 허가에 4년 걸렸다는 어려움과 묘역 이전에 얽힌 이야기, 옮기기 전 할머니 자손 두 남매의 묘는 없었고 애청이 있다는 자리를 파 보니 어린 남매의 시신을 확인하

게 되어 봉분을 새로 만들었다고 한다.

남편 西堂公(誠立)은 아내와 자식을 잃고 어찌 살았을까? '난설헌' 이 세상을 뜬 후 정신을 차렸음인가. 증광문과(增廣文科)에 병과로 급제하여 벼슬이 홍문관저작(弘文館著作)에 이르렀고 후처로 南陽 洪氏를 맞았으나 자손을 두지는 못했다. 임진왜란에 백성들을 모아 항전 중 광주와 양평 사이의 강에서 전사하여 의관만 건져 장사 모셨다고 전했으나 1986년 이장 당시 한쪽 다리가 없는 시신을 발굴 여러 가지 상상을 가능하게 한다. 그분 말씀은 "허균이 역적으로 몰린 위기에서 종중에서는 그나마 묘역이라도 지켜내기 위한 가설(假說)이 필요했을 것" 이라는 추측.

묘비 뒷면 시―辛鎬烈 譯/金東旭 書.―辛鎬烈 譯/金東旭書 1978년 서운공파 종중 세움

〈夢遊廣桑山〉

碧海侵瑤海/靑鸞倚彩鸞/芙蓉三九朶/紅墮月霜寒

〈꿈에 광상산에 노닐다〉

푸른 바다가 요지에 잠겨들고
파란 난새는 아롱진 난새에
어울렸어요.
스물이라 일곱송이 부용꽃은
붉은 빛 다 가신 채
서리 찬 달 아래에…

또 다른 시비

〈哭子: 許米子 번역하고 鄭良婉 쓰다―1985年 11月 24日 전국시가비

건립동호회 세움〉

　去年喪愛女/今年喪愛子/哀哀廣陵土/雙墳相對起/蕭蕭白楊風/鬼火明松楸/紙錢招汝魂/玄酒存汝丘/應知第兄魂/夜夜相追遊/縱有服中孩/安可冀長成/浪吟黃坮詞/血泣悲吞聲

지난해 귀여운 딸애 여의고
올해는 사랑스런 아들 잃다니
서러워라 서러워라 광릉땅이여
두 무덤 나란히 앞에 있구나
사시나무 가지엔 쓸쓸한 바람
도깨비불 무덤에 어리 비치네
소지 올려 너희들 넋을 부르며
무덤에 냉수를 부어 놓으니
알고 말고 너희 넋이야
밤마다 서로서로 얼려 놀 테지
아무리 아해를 가졌다 한들
이 또한 잘 자라길 바라겠는가
부질없이 황대사 읊조리면서
애끓는 피눈물에 목이 메인다

　두 편의 詩가 주는 신비스러움과 처절함에 부딪치며 나는 가족들에게 어떻게 살고 있는가/여성들의 슬픔에 참된 마음으로 다가가 위로를 드렸던가/어머니와 아내 누님과 누이에게 송구한 마음으로 살 것인데 광폭한 언사로 생채기를 냈던 날들, 뉘엿뉘엿 기우는 해를 바라보며 서울로 돌아오는 길 이십 년 무심(無心) 자성(自省)의 소회(所懷)가 속도를 되찾아 벌써 구리시. 한강 둔치 코스모스는 잔치로 사람을 모은다.

이복자

- 억새
- 대금굴
- 감자 2

〈산문〉
- 문득문득 그리운 사람들

억새

함부로 넘볼 수 없이
어쩌다 스치면 잎으로 따갑게 물리치고
하늘을 가를 듯 도도함으로
진정 부드러운 행복을 노래하는
그 중심을 탐할 수밖에 없었어.
긴 여정 끝에 눈이 시린 여행자가
흐드러지게 뿜는 몸짓에
넋을 놓고 바라보는 언덕은
쓰러지고 싶은 하얀 침대였지.
작은 바람에도 춤추는 바보가 되어
멈추지 않는 애무를 꿈꾸며
하늘하늘 잠옷을 차려입은 마음은
이미 임을 쫓아 함께 있었지.
그대의 촉수는 한없이 황홀했어.

대금굴

그가 모습을 보여 주는 것은
눈발 날리는 날이었다.
애간장 태우며 미끄러운 길을 달려갔건만
풀풀 날리는 눈발 속을 나온 그는
뚝뚝한 가슴이었다.
광산을 캐는 사나이의 힘으로 문을 열어
단 한 방에 몰아넣는 곳은 그의 심장이었다. 거기에
호수, 석순, 석주를 꽃으로 기둥으로
해(日)를 알면 안 되는 미물까지 깨끗하게 키우고 있었다.
몽정도 모르는 그는 오로지 우직함으로
여름엔 깊은 녹음으로
가을엔 붉은 단풍으로 문을 지키리라.
맑은 혈관, 건강한 심장이라야
억만년 석순의 역사를 지킨다는 신념으로
말도 한마디 없었다.
사람들의 감탄이 모세혈관을 자극할 때면
나가는 길로 곧장 몰았다.
아직 애기 굴이라는, 싱싱한

그는 설화로 문을 닫고 있었다.

감자 2

그저 웃는다.
손해를 봐도 말이 없다.
싫은 소리도 못한다.
무뚝뚝하다. 괴로운 날은
잠시 광대뼈 꼭대기에 올라섰다가
눈 거두어 배꼽에 깊이 박는다.
가끔, 하얀 속살 푹석 헤질 때
맛있다던 어머니의 칭찬이 그리울 뿐
속에 담아 둔 것도 없다.
채여도 둥글둥글 구른다.
못 생겼다고 놀려도 웃는다.
평범을 고집하는 뚝심,
오로지 그 하나로 산다.

문득문득 그리운 사람들

펜팔! 나의 중·고 학창 시절을 문득문득 떠오르게 하는 말이다. 글쟁이 운명에 예비사항처럼 이어진 펜팔이라는 체험, 성장기에 가슴 깊이 묻어 둔 비밀의 공개에 묘한 기분마저 든다. 내가 학창 시절에 편지를 보내고 답장을 받는 펜팔 과정은 비밀스러운 설렘으로 혹 소문나지 않을까, 상기된 마음과 얼굴을 거울에 비추어 보며 남들이 눈치 채지 않을까, 아주 친한 친구에게나 은밀히 고백할 수 있었던 달콤하고 심오한 일이었다. 그러나 한없이 순수한 연애라고나 할까?

초등학교를 졸업하고 중학교 입학을 준비하고 있던 겨울, 편지 한 통을 받았다. 졸업할 무렵에 어린이 잡지에 촌스런 얼굴 흑백 사진과 더불어 동시 한 편을 발표했는데 그 잡지를 구독하는 학생으로부터 온 편지였다. 졸업한 직후에 학교에 도착한 것을 은사님께서 다시 우리 집으로 보내 주셨다. 설레고 묘한 감정이었다.

시에 대한 감상과 더불어 꼭 답장을 기다린다는 내용이었던 것으로 기억한다. 가까운 곳이 아니라 강릉에서는 이국만큼 먼 곳으로 느껴지는 섬 진도의 고성중학교에 다니는, 나보다 한 학년 위인 1학년 남학생이었다. 편지를 전해 주신 선생님을 생각해서나 그 먼 곳으로부터 보내온 마음의 정성을 생각해 꼭 답장을 보내야 할 것 같았다. 수없이 많은 편지지를 구겨가며 좋은 말만 골라 며칠을 글씨 연습하고 마음을 정성스럽게 담아 보낸 첫 이성 편지! 사춘기 소녀의 펜팔은 그렇게 시작되었다.

우체부 아저씨의 수고로움을 은근히 즐기며 보내고 받고, 사진도 예쁘게 찍어 보내고 받은 사진은 애인처럼 책갈피에 끼워 두고 생각날 때마다 몰래몰래 보며 애틋하게 그리워하고…… 그랬다. 지금 생각해 보면 나보다 감정이 훨씬 풍부했던 그 사람이다. 어떤 편지는 하얀 편지지 한 장에 대각선 줄을 똑바로 긋고 그 사선 위에 흘러내리듯 '보고 싶다!' 딱 네 글자만 써서 보내 온 적도 있었다. 시험이 끝나거나 좀 외로울 때는 서로 며칠 이어 쓴 적도 있었으니 먼저 쓴 것을 나중에 받기도 하고 하루에 두 통도 받고…… 만나 본 적도 없고 부끄러워 사랑이라는 말도 표현하지 못했던, 그러나 마음으로는 연애 수준을 능가하는 감정으로 주고받았던 편지들! 수십 년이 지났지만 지금도 생각하면 가슴 설레는 첫사랑이었다. 고등학교 진학 준비 때문에 연락이 멈춘 것으로 기억되는 그 사람, 지금 어디서 무얼 하며 살까?

두 번째 펜팔은 중학교 2학년 가을이었다, 내가 다니던 중학교는 강릉 시내 한복판에 위치한 여자중학교였는데 학교 옆이 큰길이었다. 가을만 되면 설악산 수학여행 차가 수없이 지나가고 고등학교 남학생을 실은 차가 지나갈 때면 하얀 칼라의 우리들을 향해 함성과 함께 쏟아지는 펜팔 주소! 나비처럼 날아 내렸다. 도로에 하얗게 떨어진 주소를 주워 들고 멋진 글씨를 골라 편지를 쓰는 것이 재미였다. 답장이라도 오면 우르르 모여 부러워하기도 하고 다분히 수다의 화제가 되기도 했다.

어느 날 포항수산고등학교 수학여행차가 길게 지나가고 역시 많은 주소들이 날렸다. 안 그래도 첫 펜팔이 끊어지고 허전함을 느끼고 있던 차에 친구가 멋진 글씨의 주소를 두 개 들고 와 편지를 쓰자고 했다. 뭐 그리 어려울 것도 없이 줄줄 써서 같이 부쳤다. 아, 그랬는데 온 답장은 나를 뒤흔들고 설레게 했다. 뛰어난 문장력과 휘휘 쓴 달필에 마음이 꽉 잡히고 말았다.

나보다 3년 위인 고2 학생이니 여러 가지로 나를 홀리기에 충분했다. 쉽게 오빠라고 부르라고, 공부도 열심히 하자고…… 시작부터 순수한 오빠 동생의 감정으로, 남들에게 공개했다면 누구나 부러워했을 남매 같은 사이, 끝까지 그랬다.

사진으로만 봤을 때 정말 잘 생긴, 만나지 못했지만 키도 크고 참 괜찮은 그 사람은 감정의 조절도 잘하는 친절하고 따뜻한 오빠였다. 공부도 썩 잘하고 냉정한 듯 그러나 지식과 겸손이 꽉 들어차 있었던 그 사람! 그가 늘 성적을 내게 공개하며 공부를 해야 한다고 타이르는 바람에 나도 열심히 해야만 했다. 그래야 막연하나마 같은 수준의 사람이 될 수 있을 것 같은 기대감이었던 것 같다. 사실 내게는 그때가 일생 중 가장 많은 공부를 하고 빛나는 성적을 거두었던 시기이다. 성적이 오를 때마다 먼저 등수를 알리고 축하해 달라고 한 후 사연을 써 내려갔던 내 편지 형식의 기억이 지금도 뚜렷하다. 전교 1등도 했고 인근의 명문 여고를 거뜬히 합격하기도 했으니 참으로 그 사람 공이 컸다.

예쁜 낙엽에 마음을 곱게 담아 쓰고 정성껏 말려 새 책 갈피에 끼워 보낼 때도 있었고, 고향집 앞에 크고 길게 뻗은 파초 잎을 잘라 결 따라 곱게 찢어서 12장의 편지지를 만들고 그 위에 빽빽하게 글씨를 채워 곱게 말려 보내기도 했었다. 물론 그냥 편지지에 길게 쓴 적도 많았지만 새롭고 독특한 방법으로는 그 후 누구에게도 그런 정성을 들인 적이 없다. 근 1년간 편지를 주고받으며 내가 중3, 그 사람이 고3이어서 입시라는 이유 때문에 그만두었던 것으로 기억되는, 사랑이라는 단어도 내가 먼저 당돌하게 곧잘 썼던, 그러나 한 번도 만나지 못한, 아마 큰 사람이 되어 있을 듯한 그는 지금 어디서 무얼 하며 살까? 오래전부터 가을이 오면 국어 시간에 아이들로 하여금 낙엽에 편지를 쓰는 시간을 마련한다. 그럴 때면 아련히 그 사람이 생각난다.

세 번째 펜팔은 고2 때였다. 내가 다니던 여고는 진해의 해군사관학교와 자매결연이 되어 있었다. 해마다 우리가 경주로 수학여행을 가면 금녀의 집, 해군사관학교를 들러 배도 타 보고 교정을 샅샅이 구경을 하고 왔고, 그리고 좀 지나면 생도들이 우리 학교를 들렀다. 그들이 오면 학생회 임원들은 여고생 특유의 도도함으로 목에 힘이 들어갔다. 그 생도들에게 교정의 곳곳을 안내했기 때문이다. 그중에 나도 할 일이 주어졌으므로 하얀 칼라를 더 빳빳하게 다려 동그마니 세우고, 교복 치마 허릿단은 옷핀으로 빠짝 들여 꽂아 허리는 한층 잘록하게 하고, 까만 구두는 반짝반짝 닦아 신고, 요조숙녀의 갈음으로 앞장서서 안내했다. 도서관으로 생활관으로 유명했던 우리 학교의 오케스트라 연주를 보여 주기 위해 음악실로…….

하얀 정복 차림의 나무랄 데 없는 완벽한 남자들은 여고생의 마음을 사로잡기에 부족함도 없었다. 떡 벌어진 어깨에 절도 있는 움직임의 미남들이었다. 저만큼 거리를 두고 따라오는 멋쟁이 생도들 앞에서 걸음 걷는 여고생, 지금도 생각하면 가슴이 울렁거린다.

행사가 끝날 무렵 한 생도가 내게 쪽지를 주었다. 편지를 하라고…… 멋진 생도였다. 역시 나는 편지에 강한 사람이므로 얼른 받아들었다. 그는 팽팽하고 둥근, 노란 테(?)의 모자 옆으로 화끈한 경례를 붙이고 갔다. 처음이자 마지막이었던 좋은 인상을 내 가슴에 남겨 두고 아득히 멀어져 갔다. 공교롭게도 초등학교 때 존경하던 선생님과 유난히 닮았고 이름도 같았다.

편지를 보냈다. 답장은 역시 생도답게 명필이었다. 이번에는 내가 많이 쓴 것이 아니고 외부 사람이 그리운 군인, 그 사람이 주로 보내 왔다. 바다의 이야기, 훈련 이야기, 내무반 이야기, 때론 외로움을, 대한민국 군인으로 바다와 나라의 수호는 굳건히 책임지겠노라고…… 철통 같이 바다를 지켜주는 덕분에 공부 잘하고 있노라고, 훈련 받을 때 건강 조심하라는 등의 내용으로 답을 보냈다. 대입 공부 좀 하느라고 많이, 자주 보내지는 못했어도 햇수는 근 2년간 이어졌다. 이미 사춘기를 지난 성숙한 여고생은 첫째, 둘째의 펜팔보다는 좀 더 절제된 감정으로 말을 아껴 써야 했다. 내가 대학에 입학했을 때 축하 전보도 받고 끝이 난 그 멋쟁이 생도는 지금 어떤 계급으로 어느 바다를 관할하는 군인이 되어 있을까?

바보스럽게도 나의 칼라(중·고) 학창 시절은 이 세 사람 외에 다른 남자는 한 번도 가까이 해 보지 못하고 오로지 공부와 편지글 쓰는 일로 보냈다고 해도 과언이 아니다. 공부도 하면서 안전하게 연애의 감정을 즐겼던 나의 펜팔 시대, 지금도 든든하게 문장력의 밑거름이 되어 주는 그 장문 편지의 주인공들, 그 사람들이 문득문득 그립다.

이숙희

- 이삿짐을 싸며
- 폴라로이드 카메라
- 벽에 못질하며

〈산문〉
- 발칸의 아름다운 나라 크로아티아를 돌며

이삿짐을 싸며

오래 담겨 있던 것들이 구겨진 몸을 털고 빛 속으로 나온다
한꺼번에 쏟아진 시선이 부끄러워 몸을 숨기고 싶을 때처럼
제 몸을 펴는 시간도 오래 걸린다
더러 무릎을 펴고 절뚝거리는 것들은
접혀 있던 시간이 분명하다
생각보다 더 깊었던 공백 탓이다
몸이 빠져나간 흔적이 벽지며 장판을 시커멓게 못질하였는지
몸살을 앓은 흔적도 곳곳이다
기억 몇도 불쑥불쑥 튀어나올 것이다
걸레로 닦아도 지워지지 않는 너무 깊은 몰입의 흔적
헝클어진 어떤 상처처럼 자리를 빠져나온 것들이
서로를 물고 할퀴며
소진된 제 모습에 까무룩 잠기기도 할 것이다
기억의 재생이 필요 없는 것들은 비닐봉지에 봉해질 것이고
재생된 기억도 어둠에 던져야 할 때가 있는 것이다
어떤 흔적도 그 자체는 퇴색을 동반한다
온통 뒤섞여 산발한 머리를 떨구고 왔던 길을 되짚어 가도
기억은 뒤편에서 구물거릴 뿐 봉투 속은
인주 자국이 선명한
서류처럼 봉인된 시간의 풍경이다
서로 다른 것들에 섞여 돌아앉으며 시침을 뗄 수 있을 때
침묵도 허끝에 돋은 소름처럼 오도독 씹힐까

폴라로이드 카메라

꽃처럼 쏟아지는 거리는 풍경이 있다
다가갈 수 있는 만큼의 시간을
아이의 손에 올려놓고
건널목을 지나가는 자동차의 경적

색색의 신발들과 스카프가 펄럭이는 노점상도
간극의 시간을 흘린다
거품빵과 과일향 비누와 커피가 만나는 청홍색의 천막은
향긋한 눈빛 싹을 단맛에 묻힌 채
어디랄 것 없이 가로로 놓여 집중한다
보행의 역순처럼 폴라로이드 카메라가 돌아가자
가는 햇볕의 무게를 걸머진 무감각한 사람들
비늘빛 얼굴들은 상기한다
입술을 내밀고 이빨을 드러내며
목을 뽑는 아이들의 쑥스러운 웃음이
수박빛 햇살을 타고 미끄러진다

과거로부터 한 치나 길어진 시간을 거슬러 분류되는
도시는 찍히는 족족 순서를 매기며
직각의 풍경을 꺾이게도 한다
서거나 몸을 기대거나 걸어가는 일정한 보폭의 꿈틀거림처럼
순간의 포착이 부려둔 도식적인
거리의 시간은 맹렬한데
찰칵찰칵 맨발로 건너뛰는 세상이 들여온
순간이 한 컷의 과거로 분류되는 중이다

벽에 못질하며

다른 마음에 들어간다는 것은 조심스럽다
숨을 들이쉬고 호흡을 정지한 후
살짝 한 발을 들이고 반응을 살펴야 하고
먹줄을 당기는 목수처럼 시선을 고정시킨 후
똑똑 노크를 한다. 문을 삐죽 밀어 본다.
등뼈는 휘어서는 안 된다
의지는 한순간에 결정되는 것이다

보드나트에 우박이 왔고 아이오아주 드모인시가 홍수로
중심을 벗어난 차들이 활주로를 튕겼다
명왕성이 사라진 우주, 기억도 쉬 닳아 희미해질 것이다
당신에게 접속될 문장처럼 가속페달은 점자 풍의
출발 때를 향해 뜨겁게 목표물을 바라볼 것이다
어떤 순간을 포착했을 모놀로그는 깊어도 좋아
모든 계절은 너 자신을 정점으로 정확히
짚어내는 깊이에 안착할 일이다
너와 내가 뜨거워지는 찰라
꽉 조이던 모서리는 조금의 움직임도 허용치 않고
날카롭게 몸을 부착시키며 찌르르 감전된
전류의 정점, 해빙기가 맞는 사랑이다

발칸의 아름다운 나라 크로아티아를 돌며

유럽은 가는 곳마다 유적과 아름다운 건축물 거기에 푸른 숲과 맑은 물 천지다. 그래서 나는 유럽으로 가는 걸 매우 즐겨 하는 편이다. 가장 중요한 것은 나라마다 비슷한 듯 다른 건축물에 우선 매료되는데 이것 역시 한때 건축학과에 잠시 머문 탓인가 암튼 고딕에 바로크에 르네상스 시대를 두루 섭렵할 수 있는 유럽에 대한 매력 탓에 일이 년에 거의 한 번씩은 나갔던 것 같다. 유럽의 건축이라면 각 나라마다의 궁전(우리나라는 사찰이 건축 양식을 대표하는 가장 위대한 건축물이지만)과 성당(유럽은 성당이 그 비중을 거의 차지하는 형편)을 빼놓을 수 없고 또 성당 안 스테인드글라스로 장식한 아름다운 창문에 매료되지 않을 수 없을 것이다. 또 궁전의 건축 양식은 모든 건축 양식을 두루 섭렵한 다양성으로 고전적인 중세 혹은 고대를 그대로 옮겨 놓은 탓에 기둥 하나하나 계단 하나하나에 숨은 조각품들을 대할 때마다 그 섬세함과 정교함 소름이 돋을 아름다움에 숨이 멎을, 거기에 정원의 아기자기 조망된 꽃과 수목의 배합, 그리고 색감의 조화를, 거기다 인공적 분수와 자연적인 공간의 요소가 어쩜 저리도 적절한지,

또한 고대의 흔적을 가장 많이 보유한 그리스 로마 유적들이 가는 곳마다 산재한 것을 볼 수 있는 행복도 빼놓을 수 없다. 너무나 많은 고대

건축물들의 보고인 이집트와 로마의 유적들에 고대 왕국의 모습들을 가장 많이 보유한 곳은 지중해 쪽 나라들이기도 하다. 이 많은 유산들을 점유한 덕택에 가만히 있어도 조상들 덕택에 잘 먹고 잘 살 수 있었던 나라가 그리스여서 한편 부럽기도 하고 한편으론 우리 조상들은 도대체 무얼 했나 저런 기둥 몇 개만 박아 놓아도 우리의 관광 수입이 달라질 수 있을 텐데 하는 안타까움과 아쉬움이 문득문득 고개를 쳐들 때도 있었다.

어쩜 이 문제가 그리스의 제정을 뒤흔드는 계기로 작용한 것은 아닌지, 너무 느리고 더디게 사는 그들의 여유가 한껏 부러웠던 여행이 생각나는, 이 산재된 문화유산들, 신선하고 경이롭고 거기에 자연 풍광이 곁들여져 그 운치가 더욱 멋들어져 보였던 것에 비해 동유럽과 발칸은 참으로 오랫동안 방치된, 어쩌면 인간이 전혀 손쓰지 않아 더욱 자연스러운 어수룩함을 그대로 간직한 친근한 곳이 아닌가 생각한다. 웅장하지도 너무 정돈되지도 않았음에 그 모습 그대로를 보유한 그렇다고 함부로 덤벼들게도 하지 않은 오밀조밀 따스하고 정겹고 그저 편안하고 느긋하고 천천히 느끼며 자연과 함께 천천히 음미하며 다닐 수 있는 곳이 동유럽과 발칸이라는 생각을 하면서 어느덧 발칸의 크로아티아에 접어들었다.

크로아티아는 유럽 발칸반도 서부의 아드리아해(海) 동부에 있는 나라로 1918년 세르비아—크로아티아—슬로베니아왕국에서 제2차 세계대전 후 구유고슬라비아 사회주의 연방의 일원으로 다시 1991년 분리 독립한 크로아티아공화국(정식 명칭)으로 개칭, 해안, 산지, 남부 구릉 및 동부 평야지대로 구유고슬라비아연방의 해체와 함께 내전을 거쳐 분리 독립한 나라이다.

북쪽으로 헝가리, 동쪽으로 세르비아, 서쪽으로 슬로베니아, 남쪽으로 보스니아―헤르체고비나와 국경을 접하며 서남쪽은 아드리아해로 국토는 초승달 모양으로 좁고 긴 달마티아 해안평야, 디나르알프스산지, 동부의 도나우평원 등 세 지역으로 구분되는데 헝가리평야의 일부인 도나우평원은 동쪽에 위치한 도나우강의 지류인 사바강과 드라바강 유역의 비옥한 충적평야로서 농업에 최강이고 남서부에 위치하며 디나르알프스산맥 외에 엘리카카펠라, 말라카펠라, 플레세바카산맥 등 아드리아해안을 따라 뻗어 있는 것이 특징인 나라다.

달마티아 해안평야는 침강해안으로 해안에는 익곡(溺谷)이 발달된 1,000여 개 섬이 열도를 이루고 있어 풍광이 매우 빼어나며 서부 유럽으로부터 에게해와 터키에 이르는 교통의 요충지로 아드리아해의 긴 해안선은 연안 교통에 영향을 주고 있다.

슬로베니아와 함께 높은 생활수준을 유지했던 크로아티아는 독립과 내전으로 수백억 달러의 경제적 피해를 입었을 뿐만 아니라, 계속되는 인플레이션과 인접국인 보스니아―헤르체고비나로부터 계속 난민이 유입되어 사회적으로 불안정한 상태이기도 하나 우리 관광객들에겐 별다른 파급은 없다.

이 나라의 행정·문화 중심은 수도인 자그레브로, 고딕 양식의 자그레브 성지와 과학아카데미, 자그레브대학교가 있다. 국내 최대의 공업도시인 동시에 사바강의 하항이고 육상과 항공교통의 중심지로 아드리아 해안도시인 두브로브니크와 스플리트는 고대 로마에서 중세에 이르는 유적지와 달마티아해안 특유의 아름다운 경치와 온화한 기후 등으로 관광도시로서 널리 알려져 있다.

15~16세기의 '유디타'라는 서사시를 쓴 마르코 마룰리치와 '로비냐'를 쓴 하니발 루치치가 대표적인 작가이고 아우구스트세노아, 안테코

바치지, 구스타브 마토슈, 아우구스트체사레츠, 베코슬라브 칼레브, 크를레자 등 수많은 사람들이 크로아티아 문학 발전에 이바지하였고, 미술에서는 중세 교회 건축물이 국제적으로 유명한데 아드리아 해안도시인 스플리트와 두브로브니크에 있다. 음악에서는 첼리스트 야니그로와 자그레브 필하모니오케스트라가 잘 알려졌다.

크로아티아 과학의 가장 뛰어난 인물로 주로 광학과 수학, 물리학 분야에 업적을 남겼으며 포물선 거울은 영국의 해양박물관에 전시된 마린 게탈더스(Marin Ghetaldus)와 정전기를 이용 환자를 치료한 전기 치료법 최초의 의사로 프랑요 도민(Franjo Domin)과 과학적 지문학(지문으로 신원을 파악하는)의 선구자로 꼽히는 요십 부체티치(Josip Vucetic)가 있다. 또 600개 화석의 종을 분석, 분류하여 과학 대중화에 앞장선 스프리디온 브루시나(Spiridion Brusina)는 유럽 자연 과학자들의 우상으로 그의 이름을 기념하기 위해 50개의 종에 그의 이름을 붙였다고도 한다. 또 1895년 크르카(Krka) 폭포에 세계 최초의 수력발전소가 크로아티아에서 세워져 시베니크시를 밝게 밝히기도 했다. 또 전기 교류기술과 삼파장시스템뿐 아니라 고주파기술과 무선통신기술 등 수없이 많은 발명으로 에디슨(T.A. Edison)과 공동수상인 노벨상 수상을 거절한 현대문명의 거장인 니콜라 테슬라(Nikola Tesla)가 태어난 곳이기도 하다.

크로아티아라는 나라는 우리에겐 아직 생소한 나라이긴 하나 발칸에 속한 나라로 예전의 사회주의를 완전 소멸할 수 없는 관계로 개발은 더딘 편이지만 덜 개발된 나라답게 사람들이 순박하고 친근해서 오히려 편안한 느낌을 갖게 하는 거리와 어디를 다녀도 위험성이 없는 자유로움을 주는 나라로 늦은 시간에도 별 무리가 없는 나라다.

또한 예전의 모습을 그대로 간직한 채여서 조금씩 변화하는 모습이 (우리나라 7~80년대쯤) 생경스럽고 화려해서 번쩍임을 수선스레 펼쳐 놓은 서유럽들에 비해 지내기가 편안하고 한산하지만 가끔 만나는 사람들은 친절하지도 그렇다고 영 지나치는 것도 아니어서 다가가면 잘 대해 주지만 일부러 접근하지 않고 과잉 친절을 가장하지도 않아 마음 편한 나라다.

주변의 많은 것들이 있는 그대로여서 보이는 것 보여지는 것 자체가 즐겁고 친근하고 낙후되긴 해도 소박하고 꾸밈이 없을 뿐 아니라 사람들이 거리를 활보하는 일도 그리 많지 않아 다니기도 편하고 슈퍼마켓 역시 조용하여 물건 고르기가 수월하고 물가도 싸서 즐거웠다. 단지 고속도로를 지나가거나 여행지의 상점은 반대로 매우 비싸고 어디랄 것 없이 동유럽과 마찬가지로 화장실 요금이 비싸서 쓸데없는 곳에 돈을 낭비해야만 하는 아쉬움으로 우리나라 화장실 문화가 외국인들에겐 너무 호사스런 친절이 아닌가 하는 생각도 들었다.

크로아티아에서 꼭 가 봐야 할 여행지를 꼽자면 플리트비체국립공원 (코츠약 호수, 벨리키슬람 폭포)을 꼽을 수 있는데 크로아티아에서 가장 아름다운 곳으로 알려져 있으며 16개의 호수와 수많은 폭포로 연결된 크로아티아 관광지의 상징물로 유명하다.

1979년 유네스코에 의해 세계자연유산으로 지정되어 있는 가장 경관이 아름다운 곳인 플리트비츠 호수는 해발 500~650m 사이에 산재해 있으며 면적이 295평방Km이며 호수는 2평방Km로 물속에 녹아 있는 석회질 성분과 암석이 만나 그 크기가 조금씩 커지며 호수의 물을 가두고 있다. 선명한 햇살로 그 아름다움이 돋보이는 플리트비츠는 수많은 계단식 폭포가 그 아름다움을 더해 주며 약 92여 개의 폭포 줄기는 병

풍처럼 우리를 감싸고 흐르며 나무다리를 걸을 때마다 투영되는 초록과 코발트빛 물방울의 조화로운 하모니는 햇볕과 어우러진 빛의 잔치를 탄성으로 물들이기에 모자람이 없는 곳이다.

또 코라나(Korana)강이 흐르는 원시림의 풍경을 그려내고 있는 너도 밤나무와 전나무, 삼나무 숲이 빽빽하게 자라는 짙은 숲 사이 호수가 산재된 일대는 햇볕을 받아 그 아름다움을 한층 높일 뿐 아니라 곳곳에 나무 계단이나 나무 징검다리를 설치하여 관광객들이 한가롭게 자연을 음미 감상할 수 있으며 가는 곳에 따라 오리들과 물고기들이 노닐기도 하는 너무나 맑은 호수와 둘레의 배경이 한 폭의 풍경화를 그대로 보여줌으로 그 아름다움이 배가되는 곳이다. 많은 관광객들의 탄성과 함께 쏟아지는 폭포를 배경으로 카메라는 쉴 새 없이 돌아가고 폭포를 배경으로 찍을 수 있는 자그마한 나무 계단을 만들어 줄을 서서 기다리는 시간도 즐거움으로 다가오는 곳이다.

약 3시간가량 소요되는 코스이지만 전혀 지루한 느낌이 없이 자연과 교감할 수 있는 곳으로 아래쪽에서 위쪽으로 걸으면서 보는 것인데 큰 호수에 닿으면 배를 이용해서 이동하며 아름답고 아기자기하면서 다양한 폭포를 통해 대자연과 교류하는 풍요로운 감성이 자극되는 곳이며 입장 티켓으로 국립공원 안에 있는 모든 교통수단을 이용할 수 있고(전동 보트, 파노라마차) 수정같이 투명한 호수의 아름다움을 만끽하는 기회를 우리 인간에게 제공해 주는 소중한 보고로 크로아티아를 관광하는 모든 여행객들의 제1코스로 이 플리트비체를 꼽는 것을 나는 망설이지 않는다.

길을 가면서 혹은 차를 타고 달리면서 내전으로 인한 피해의 현장들을 가끔 만나는데 만날 때마다 포탄 자국이나 총알 자국들의 선명한 자국들을 보면서 전쟁이 가져온 후유증을 안고 있는 문제점들에 신경이 쓰였다. 물론 이곳 사람들은 아무도 내전에 대한 어떤 갈등이나 문제점을 겉으로 드러내지 않았고 보여 준 적도 없이 평화롭게 혹은 자연스럽게 받아들이고 있겠지만 우리의 현실도 짚어 보는 기회를 가질 수밖에 없었다. 잘 알지는 못하지만 우리도 6.25전쟁으로 아직도 통일을 바라보면서 우리의 현실이 경제적, 군사적, 사회적, 문화적 문제들에 대해 오늘날 많은 학자들과 정치인, 문화인, 경제인 등 다양한 문제들을 자주 거론하거나 다른 나라(독일)와 비교 분석하는 특집을 보기도 하지만, 과연 통일이 가능할까, 아님 요원한 문제인가 통일이란 문제는 매우 심각하고 어려운 문제이긴 하지만 결코 잊거나 버려둘 수만은 없는 우리의 현실이므로 이 크로아티아나 우리나라처럼 분단이 가져온 아픔, 문제들을 과연 어떻게 풀고 헤쳐 나가느냐는 분명 심사숙고할 문제임에 틀림이 없다.

암튼 그럼에도 이 나라는 주피터신전, 두브로니크 구시가지, 도미니코수도원(Dominican Monastery), 스플릿(디오클레티안 왕국 로마유적) 등 유명한 관광지들이 많으나 지면상 또는 기억 재생의 어려움으로 다 옮기지 못하는 점은 다음 기회로 넘기겠다.

발칸의 아름다운 자연과 낭만이 흐르는 크로아티아의 플리트비체공원으로의 산책과 성곽으로 둘러쌓은 고전적인 산책로를 걷던 많은 여행자들과의 해후를 그리워하며 슬로베니아로 향하는 기대로 내일을 향해 오늘 하루를 접어야겠다.

이태규

- 해킹프로그램
- 잡초 뽑기
- 기억 여행

해킹프로그램

컴퓨터에 이어
스마트폰까지
해커들이
기능을 초토화시키고
정보를 빼가는
해킹프로그램이 깔린다며
주의를 당부하는
뉴스가 나온다

자기도 모르는 사이에
상대방에게
나체로 벗겨지는 세상
아날로그시대 사람들에겐
이방의 잠꼬대에 불과하지만

아주 기발한 생각이
머리를 스친다
몇 십 년 살아도
알 수 없는 아내의 속마음을 읽어 줄
해킹프로그램 개발해서…

아니 그런데
아내는 어느새 내 머릿속에
해킹프로그램을 깔았나?

잡초 뽑기

망초 명아주 강아지풀
쇠비름 바랭이 깨풀
고들빼기 쑥 별꽃
황새냉이 벼룩나물 독새풀
작물 사이마다
비집고 살아가는 잡초

어린 풀은 어린대로
다 자란 풀은 자란대로
뽑히지 않으려고 발버둥치지만
잡초라는 이름으로 뽑힌다
어떤 풀은 뿌리가 끊어지며
어떤 풀은 줄기가 끊어지며
뚝뚝 소리를 지른다

그렇다
모든 물상들은
입이 있거나 없거나
존재가 부정당할 때
함성을 질러 저항한다
소나무가 눈의 무게로
가지가 부러지며
바위가 분리의 힘으로

결합이 깨지며
언 강물이 저온으로
배가 갈라지며
쩡쩡 소리를 지른다

들으려 할 때만 들리는 소리
잡초 뽑으면서 듣는다.

기억 여행

방충망에 맺혀 있던
빗방울이 주르륵 흘러내린다
이 빗방울이
슬픔인지
기쁨인지
그리움인지 나도 모른다

퉁퉁 부어오른
눈시울만 뜨겁다
먼 산을 바라보던 시선이
땅바닥에서 멈춘다
동공은 초점을 잃고
흐릿한 기억 속으로 여행을 떠난다

비바람 한 줄기
넝쿨장미 흔들며
휙 지나간다
한순간에 포착된 풍경
단순하게 생각하려 하지만
빗방울이 다시
주르륵 흘러내린다

땅바닥에 장미꽃 떨어져
커다란 장미 한 송이 피운다.

임만근

- 겨울산
- 붉은 까치
- 은총

〈산문〉
- 장맛비

겨울산

눈이 낸 길이 하얗게 비탈을 타고 내려오고 있다

물어뜯을 듯 허옇게 이빨을 드러낸 삭풍을
자력으로 이겨내 보려는 듯
옷을 벗고 엉거주춤 서 있는 겨울 나목들.
어깨를 맞대고
서로의 맥박 소리를 들으며
반가운 친구처럼 서로의 잔등이를 두들겨 준다

나목들은 견뎌 낼수록 궁리가 되는 듯
마주 보는 눈빛이 더 맑다
눈빛만 보아도 큰 위안이 되어 주는 이웃, 바위와 잡들
어우러져 이젠 바람이 응고된 휘파람 소리쯤 무섭지 않은 듯,

햇살 품으로 살며시 안겨든 응달을 보자
등뼈가 닳은 산들은
웅그린 허리를 펴고
잎눈과 꽃눈, 피목들에게도 젖을 물린다

더욱 옹이를 빚고 있는 나목들을
품어 안은 겨울산
산등성이 삽목해 놓은 철탑들에게도 수인사를 보낸다

이윽고 산들이 젖을 먹이던 암캐처럼 슬그머니 일어나
앞 두 다리를 뻗쳐 기지개를 켜곤
뗏목을 짓고 도시 가운데로 흘러드는
인근 겨울산을 본다

붉은 까치

―나는 모래알같이 깨지고 싶다

수없이 단근질하며 살아온
내 가슴속 붉은 까치 한 마리
오늘도 할딱이며 상한 두 나래를 파닥이며 난다
파닥일수록 더 멀리 도망가는 내 푸른 하늘
정녕 나는 모래알같이 깨질 수 있을까?
허튼 세월은 윤기가 빠져
그토록 부리로 깍깍, 깍 깍 토해내던
청명한 소리 내지 못하고,
둔탁한 질그릇 깨지는 소리를 낸다
가슴속 감추고 사는 융숭한 까만 털빛의
비양심을 왜 나는 버리지 못하고
반가운 소식 전해 줄 복음의 둥지를
나 스스로 허물고 있는 건 아닌지
고독마저 아름다운 마음의 음률을
한 소절이나마 적단풍 같은 색소폰 소리로
이 가을 엮어 낼 수만 있다면
나 이제 이대로 화석이 되어도 좋으리
내 가슴속 파닥이며 훨훨 날고 있는
염원의 내 붉은 까치, 홍염같이 솟는다

은총

야트막한 산자락에도
몇 채의 집을 내려놓으신
파아란 당신은
또 어디메쯤 예쁜 붓으로
당신의 마음
유리알 호수도 곡진히 그리십니다
들녘을 가로지른 논밭 사이로
판화처럼 찍어 논 실개천에
하얀 백로 몇 마리
놓아기르십니다
당신의 일기장엔 어느 외딴 마을 입구에도
가을을 불러
노령의 느티나무 자잔한 가지마다
또 잊지 않고
태초의 평화— 당신의 미소를 거시고
어디든 부족함 없이 고르게 베푸시는 은총
담장 너머 텅 빈 마루엔
실눈 감고 조을고 있는
살빛 햇살도 가득합니다

장맛비

　며칠을 퍼붓던 장맛비가 오늘은 멎는 듯했다. 아파트와 아파트 사이로 구불구불 흐르고 있는 여수천은 그 굽이를 뭉개고 성난 파도같이 흘러내렸다. 평소엔 양 변을 따라 수양버들이 우거지고 군데군데 부들도 피어 있는 그곳은, 큰 물 지고나면 피라미, 모래무지, 메기, 미꾸라지, 손바닥만한 잉어들도 볼 수 있는 2급수 개울이다.

　며칠간 하늘을 보지 못했던 사람들이 하나 둘 시나브로 여수천변을 따라 걷기 시작하더니 오후쯤 되자 하루살이 떼같이 몰려나왔다. 나도 저들 틈에 끼어 그 여수천변 물가로 나왔다.
　물 가장자리를 따라 조심조심 걷는데 물방울들이 얼굴까지 튀어 올랐다. 나는 모험을 좋아한다. 모험 같지 않은 모험을 은근히 즐기는 나는 고향인 진주 남강 물이 범람하여 우렁우렁 소리를 내지르며 발아래 굽이굽이 흐르던 물가로 스스럼없이 다가가곤 한 적도 있다.
　오늘도 그때처럼 아슬아슬 여수천변을 따라 걷는데 누군가 무섭지도 않은지 닿을락 말락 물가 바위에 걸터앉아 물을 쳐다보고 있는 한 중년 여인의 모습을 보았다. 아무래도 무슨 일이 일어날 것만 같아 마음이 불안했다. 심상찮은 느낌이 들어 그녀로부터 두어 발짝 사이를 두고 옆

바위로 가 나도 걸터앉았다. 여수천 물은 마침 축석공사를 끝낸 양 변 가장자리까지 찰랑거리며 우렁우렁 흘러갔다. 그녀의 얼굴에는 회색빛 수심이 잔뜩 끼어 있어 보였다. 마음이 놓이지 않아 그 자리를 금방 떠나 버릴 수 없어 모르는 척 앉은 채 맞은편 오가는 사람들을 유심히 바라보곤 했다.

사람들은 하나같이 내 곁에 앉아 있는 여인에게 눈길을 주는 이 없었다. 미장원에 가서 두 귀를 예쁘게 염색을 하고 온몸 털을 맵시 나게 카트까지 한 조그만 강아지를 안은 사람, 오랜만에 운동을 하지 못해 굳은 근육을 풀기라도 하듯 앞뒤로 두 팔을 힘차게 열심히 내저으며 걷는 사람, 자전거를 타고 씽씽 신나게 달리는 사람, 빠른 속도로 빠져나가는 물굽이를 열심히 사진에 담는 사람… 그러나 아무도 내 곁에 정신을 놓고 멍히 앉아 있는 그 여인을 걱정스레 쳐다보는 이는 없었다. 하나같이 무관심하게 자기 갈 곳만을 향해 열심히 걸어갔다. 그러는 저들의 모습을 보고 얼마나 사람들은 매정하고 이기적이고 남의 일에 무관심한가를 느낄 수 있었다.

나는 불안한 마음에 그 자리를 쉽게 뜰 수가 없어 무어라고 말을 걸어 볼까 망설이다가 그냥 두었다. 위험하니 일어서 집으로 가시라고, 그녀의 가슴에다 내 마음의 말을 여러 차례 걸어 보았지만 끝내 그 말을 하지 못하고 집으로 돌아오고 말았다. 남자가 아닌 여자였기 때문인지도 모른다. 그건 궁색한 변명이었다. 여차해서 그녀가 물속으로 뛰어든다 해도 난 어찌 못했을 터이니까 말이다.

맞은편 무심히 가고 있는 사람들이나 다를 바 없는 나의 존재에 나는 가슴이 저릿해 왔다. 마음은 있어도 행동으로 옮기지 못하는 그것은 한

낱 위선에 불과하다. 아는 것과 행동에 옮기는 것, 그것은 엄청난 차이가 있다는 것을 깨닫고 나 자신에 대해서 짐짓 놀랐다. 나는 얼마나 깨끗한 사람이기를 바랐던가.

지금도 잊히지 않는 일이 있는데, 한 번은 점심을 먹으러 중국집에 갔다 식사 후 사무실로 오는 길에 길바닥에 떨어져 있는 천 원짜리 지폐 한 장을 주웠다. 그것을 호주머니에 넣고 가려는데 바로 앞에서 열댓 정도 먹어 뵈는 소아마비 소녀 하나가 손과 발을 흔들고 절며 길바닥을 쓸 듯 무언가를 찾으며 오고 있는 모습을 보았다. 그녀가 돈을 찾고 있다는 것을 직감으로 알아차렸지만 나는 그냥 무심쩍게 돌아오고만 것이다. 돈이 탐이 나서가 아니라 그 순간 그것을 돌려주어야겠다는 생각을 하면서도 행동으로 옮기지 못하고 그냥 지나쳐 버리고 만 것이다.

그 소녀가 집으로 돌아가 누군가로부터 받을 구박을 생각해 보면 나의 실수가 아닌 무관심의 자그마한 그 과오가 얼마나 마음의 큰 상처를 끼쳐 주었을까 생각해 보면 지금도 가슴이 아프다. 그보다도 더 끔찍한 일을 저지른 적도 있다. 새벽 일찍 목욕하러 아파트 입구를 나서는데 바로 내 눈앞 아파트 입구에서 웬 나이 지긋한 아저씨 한 분이 과음을 했는지 심히 비틀거리고 있는 모습을 보고도 일부러 그 자리를 얼른 피해 버렸다. 술을 하지 않는 나로서는 주사를 부리는 사람을 무척 싫어하는지라 못 본 체 피해 버리고 만 것이다. 목욕을 마치고 돌아오는데 바로 그 자리에 가마떼기로 사람을 덮어놓지 않았겠는가. 나는 깜짝 놀랐다. 바로 그 사람이었다. 동사하고 만 것이다. 아직도 나는 그의 얼굴을 기억하고 있다. 솔직히 조금만 관심을 가지고, 가까이 파출소도 있었는데 그곳으로 그를 데려다 주기만 했더라도 충분히 살려 낼 수도 있었던 일이었기에 지금도 무척 마음이 무겁다. 또 한 번은 잠실에서 의정부에 있는 학교로 버스를 타고 출퇴근한 적이 있었는데, 막차를 타고 귀가하던 중 승객이라곤 나 혼자만 태운 버스는 전속력을 다해 광란하듯 달리다가 취객을 치어 그만 사망케 한 일이 있었던 것도 바로 내 무관심 때문이었다. 기사더러 위험하니 천천히 가자고 말하지 못한 것이 그런 끔찍한 결과를 낳고 말았다. 아는 것과 생각하는 것을 행동으로 옮겨 놓는 일이 그리도 어려운 일인지, 내 작은 무관심이 한 생명을 앗아 놓고 만 것이다. 그런 마음의 아픈 상처를 안고 살아오면서도 나는 그날 그 여인을 물가에 홀로 두고 혼자 집으로 돌아오고 말았다.

그날 밤 뉴스 시간에 바로 그 여인의 기사가 떴다. 나는 소스라치게 놀랐다. 여인은 우울증을 앓고 있는 환자였던 것이다. 뭔가 짐작은 하고 있었지만 그녀를 일으켜 세워 집으로 돌려보내지 못하고 혼자 무심하게 집으로 오고만 나 자신이 몹시 죄스럽다. 급류 속에 휩쓸려 떠내려오는 것을 재빠른 신고로 간신히 구해 내긴 했지만 병원으로 실려 가고 난 후 어떻게 되었는지 모른다. 용기를 내어 그녀를 일으켜 세우지 못한 자책감이 거반 몇 년이 흐른 지금도 나를 아프게 쑤시고 있다. 건강한 모습으로 그 중년의 여인이 살아 있기를 바란다.

임윤식

- 방
- 멋진 신세계
- 가지論

〈산문〉
- 리치몬드공원의 추억

방

벽제화장터 주차장에
오늘도 차가 가득하다

분골하는 기계 소리가 매정하다
곱게 빻아진 가루를
종이딱지 접듯 항아리에 넣는다
무거운 육신의 짐 태워 버렸으니
얼마나 가볍고 개운할까

동화경모공원 추모관 ****호
원 없이 돌아다니고 실컷 떠들다
이제야 마음잡고 묵언수행 들어갔는지
도대체 말이 없는 그 녀석

여기, 내 친구의 작은 방

멋진 신세계

　노래방은 망망대해에 외롭게 떠 있는 갈라파고스 섬. 그 섬에 가면 찰스 다윈의 실험실이 있고 핀치새가 날아다닌다. 그곳에서 나도 한 마리 새가 되어 살 길을 찾는다. 눈은 가사를 좇기 위해 이티(E.T)처럼 커져 가고 귀는 곡조를 따르기 위해 연잎같이 넓어진다. 가사를 잊어 버린 지는 오래다. 머리는 필요 없겠다 외우지 않아도 되니까. 모양새로 그냥 목 위에 얹어 놓기만 하면 된다. 언젠가는 그 머리도 쓸모가 없으니 사라져 버릴 것이다. 눈코입은 가슴에 달면 될 것이다.

　올더스 헉슬리의 책 이름을 도용했다고 문제 삼지 마라. 어디에선가 따온 것이다. 인터넷에는 여기 저기 '멋진 신세계' 복제판이 널려 있다. 오리지널이란 말도 머지않아 전설적 용어가 될 것이다.

가지論

소귀고개 숲길을 걸으며 초봄
나무들의 신음 소리를 듣는다
앙상한 가지 끝에서 꿈틀대는 산고(産苦)
곧 새싹을 터트리겠다

나무의 가지
그 끝은 언제나 생명의 시작이다
비록 가늘고 힘도 없지만
가지 없이 혼자 살 수 있는 줄기는 없다

바위를 타 본 사람은 안다
손발 끝이 얼마나 소중한가를
가장자리에 모아지는 힘
그것은 온몸을 끌어올리는 지렛대다

남자들도 손톱에
매니큐어를 바르면 좋겠다

리치몬드공원의 추억

필자는 1980년대 후반, 모 증권회사 런던 지사장으로 4년간 영국에서 근무한 적이 있다.

영국에서 한국 교민들이 가장 많이 사는 곳은 뉴몰든(New Malden), 킹스톤(Kingston) 지역이다. 이곳은 영국 내의 코리아타운이라고 해도 좋다. 길거리에는 한국어 간판이 많고, 한국식당, 식료품 가게, 여행 선물가게 등이 즐비하다. 한국인 교회도 여러 개 있다. 우리 가족 역시 이 근처에서 살았다. 영화 〈애수〉로 유명한 런던의 워털루역에서 국철로 약 20여 분 거리에 있으며, 전영테니스오픈이 열리는 윔블던 바로 아래에 있다.

이 지역은 매우 아름다운 곳이다. 영국에서 가장 큰 자연공원인 리치몬드 파크(Richmond Park)가 이곳에 있으며, 역사적으로 잘 알려진 헨리 8세의 궁전인 햄튼코트 팰리스도 이 근처에 위치해 있다.

궁전 안의 정원에 골프장도 있는데 한국 교민들이 자주 애용하던 곳이다. 이곳은 퍼블릭이라 새벽에 순서대로 칠 수 있다. 주말이면 새벽 6시경부터 문밖에서 순번을 기다리는 줄이 길게 늘어서 있다. 이 줄 속의 면면을 보면 거의 60~70%가 한국인들이다. 우리나라 사람들은 이곳에서도 그렇게 열성이다.

뉴 몰든과 킹스톤은 영국에 사는 한국 교민이나 영국에 살아 본 적이 있는 사람들에게는 고향 같은 곳이다. 테임즈강의 지류가 흐르고 있어 마치 스위스의 루체른 지역과 같은 아름다움을 즐길 수 있다. 테임즈 강변을 산보하는 멋도 그만이고, 봄에서 가을까지는 테임즈 강변에 자리를 깔고 야외에서 아름다운 주말을 즐기는 것도 환상적이다. 리치몬드공원 안에는 가는 곳마다 사슴들이 떼 지어 놀고 있고 꽃과 나무가 울창하다. 호수와 숲과 사슴의 어울림, 그게 리치몬드공원이다. 공원 안에 들어서면 공원 전체를 돌 수 있는 순환도로가 있다. 정확히는 기억이 나지 않지만 차로 운전해도 30분 이상은 족히 걸렸던 것 같다. 천천히 드라이브도 하고 가다가 사슴 떼가 보이면 사진기를 눌러댄다. 도로 옆의 카페나 레스토랑에서 차를 마시면서 공원 숲을 감상하는 여유도 잊을 수 없다.

공원 안에는 퍼블릭 골프장도 있다. 집에서 거리도 가깝고 그린 피도 싸기 때문에 부담없이 라운딩을 할 수 있는 곳이다. 특히 여자들의 경우 낮에 심심하면 이곳에 와서 가까운 친지들과 골프도 즐기고 차도 한 잔 마시는 것이 멋이었다. 연습장에서 연습하고 이곳에 와서 실전을 체득하는 것이다. 고급 골프장은 그린피가 비싸니까 여자들은 잘 안 간다. 당시 우리가 살던 뉴몰든, 킹스톤 지역에는 집에서 차로 10분 이내 거리에 골프장이 7개 정도 있었다. 가히 골프의 천국이라고도 할 수 있다. 골프 연습장에 가 보면 한국인들이 대부분이다. 보고 싶은 사람이 있으면 저녁 식사 후 골프 연습장에 가 보면 대개는 만날 수 있다.

리치몬드 파크는 자연공원이기 때문에 숲이나 나무들이 자연 그대로 이다. 봄부터 가을까지는 꽃이 만발한다. 고사리가 많은데 우리나라 같으면 이걸 그냥 놔두지 않겠지만 여기에서는 우리 한국인들도 손을 대지 않는다. 고사리는 사슴의 먹이이기 때문이다. 오래전의 얘기겠지만 한국 교민들이 공원에서 고사리를 뜯었다가 영국인들로부터 망신을 당했다고 한다. 사슴의 먹이를 왜 뜯어 가느냐는 것이었다. 사실인지는 모르겠지만 아무튼 그런 얘기도 있다. 그래서 새로 영국에 온 한국인들에게는 먼저 온 사람들이 고사리에 손을 대지 않도록 미리 얘기해 준다.

우리 가족은 이 공원에서 승마도 익혔다. 일주일에 한 번 토요일이나 일요일에 필자와 아내는 약 6개월간, 아들과 딸은 약 1년간 승마를 배웠다. 공원 안에 승마학교(Riding School)가 있어서 정식 승마교육을 받을 수 있었다.

그 넓은 리치몬드공원을 말을 타고 거닐던 기억은 참으로 잊지 못할 추억이다. 후반에는 서부활극에서처럼 말을 타고 마음껏 달리기도 했다. 숲속을 가로질러 말과 함께 질주하는 스릴과 행복감, 그건 해 보지 않으면 모를 것이다. 마치 필자가 서부영화에 나오는 존 웨인이 된 기분이다. 우리가 영화에서 보면 누구나 말을 타고 달릴 수 있을 것 같지만 절대로 그렇지가 않다. 상당기간의 연습이 필요하다. 승마는 말을 탄 후 사람의 허벅지와 말의 배를 밀착시켜 함께 움직인다. 리듬이 같아야 하는 것이다. 그래서 처음 말을 타면 다리가 몹씨 아프고 뻐근하다.

승마학교에서는 말을 관리해 주기도 한다. 개인이 집에서 말을 키우기는 쉽지 않기 때문에 이곳에서 관리해 주고 매월 일정액의 관리비를 받는다. 관리비도 그렇게 비싸지가 않다. 말을 구입하는 것 역시 가격이 천차만별이지만 보통 승마를 할 수 있는 말 정도이면 승용차 값보다 싸다. 개인이 말을 사서 이곳에 맡기고 승마를 즐기고 싶으면 언제든지 공원에 와서 자기 말을 탈 수 있다.

일반적으로 영국의 대부분 공원에는 차도와는 별도로 승마를 할 수 있도록 마도가 있다. 공원에서 말을 타고 달릴 수 있는 여유, 얼마나 멋진가? 승마는 공원 내에서만 하는 것은 아니다. 어느 정도 승마 수준이 되면 공원 밖 도로에도 나갈 수 있다.

리치몬드공원의 사슴들은 지금도 한가로이 숲속을 떼 지어 거닐고 있겠지. 공원 안의 카페에서 마시던 영국 차와 그 분위기도 그립다.

어릴 적 초등학생으로 이곳 리치몬드공원에서 승마를 배우던 아들 녀석은 이제 성인이 되어 영국에서 직장에 다니고 있다. 필자가 4년 영국 근무 후 귀국 시 런던 근교 초등학교 기숙사에 넣고 왔는데 그 후 그곳에서 초중고 및 대학을 졸업하고 결국 영국에서 살게 되었다. 가족이 함께 지낸 4년을 제외하고 부모와 떨어져 20년간이나 줄곧 혼자 영국에서 산 셈이다.

딸 녀석은 결혼한 후 1년 전 호주로 이민 갔다. 영국에서 몇 년 산 덕분에 영어에 취미를 붙이다 보니 직장도 계속 영어를 사용해야 하는 직장만 다니게 되고 급기야 호주 이민까지 가 버렸다. 이제는 외국에 가서 사는 게 결코 자랑이 될 수 없고, 외국생활이 꼭 좋은 것도 아니지만 그 녀석들의 팔자가 그렇게 됐으니 부모로서도 어쩔 수가 없는 일이다.

인생이란 그런 건가 보다. 한때의 계기가 평생의 진로를 바꿔 놓는 것 같다. 아들은 영국, 딸은 호주, 우리 부부는 서울, 어쩌다 보니 국제 이산가족이 돼 버렸다.

지난 추석날 형님 댁에서 제사를 지냈다. 형님은 아들이 넷이나 있어 명절 등 집안행사 때 자식들과 손자들이 모이면 식구가 보통 많은 게 아니다. 대가족이란 게 이런 경우를 두고 하는 말인 것 같다. 참으로 다복한 분위기다. 그런데 필자의 경우에는 아이들 둘이 모두 외국에 나가 있다 보니 명절 때는 쓸쓸하기 그지없다. 형님 댁 제사를 다녀오고 처가댁 인사 다녀오고 나면 자식들 없이 부부 간 단둘이서 별말 없이 밥

상을 마주한다. 허니 명절 기분이 제대로 나질 않는다. 나중에 우리 부부가 세상을 떠나면 외국에 있는 자식들이 제삿날이나 제대로 챙겨 줄까 하는 쓸데없는 걱정도 해 본다. 그러면서 조카들에게 우리 부부 죽으면 너희들이 제사 지내 줘야 한다고 농담조로 얘기하기도 한다.

자식들 잘 되게 하기 위해 외국에 내보냈다고 생각하고 스스로 자위해 보지만 마음 한구석에는 늘 허전함과 아쉬움이 떠나질 않는다. 20년 전 아들 녀석을 영국에 두고 올 때는 초등학생 어린아이를 혼자 이역만 리에 놔두고 떠나온 참으로 모진 부모였다. 이제 생각하면 그게 정말 잘 했던 일인지, 왜 그렇게까지 했는지 후회도 생기는 게 솔직한 마음이다. 초중고 및 대학 시절은 커가는 애들로서는 가장 감수성이 예민할 때라서 부모의 정과 따뜻한 보살핌이 무엇보다도 필요한 때인데 우리 부부는 자식에게 그렇게 해 주질 못했다. 아들 녀석은 24년 이상 어린 시절을 영국에서 살다 보니 얼굴만 한국인이지 언어나 사고방식은 사 실상 영국 사람이다. 지난 20여 년간 거의 매주 전화하고 2~3년마다 서로 오고가기도 하지만 아직도 아들의 깊은 속을 잘 모르겠다. 전화하면 엄마아빠 걱정할까 봐 잘 있다고만 대답하니 정말 잘 있는 것인지… 아들 녀석은 그 오랜 세월 동안 비정한 부모의 품을 떠나 영국에서 혼자 누구의 정을 느끼고 자랐는지, 영국 학생들 틈에서 말 못할 괄시를 당하면서 어려운 학교생활을 하지는 않았는지, 모진 부모를 원망하면서 크지는 않았는지 지금도 여전히 궁금할 뿐이다. 과연 가족이란 무엇인지. 그래도 희로애락을 함께 나누면서 오순도순 같이 살아가는 것이 동양적인 의미의 가족관이 아닐까 생각해 본다.

2010년 10월 첫 주말 아침, 호주에 사는 딸한테서 전화가 왔다. 이민 간 지 1년 만에 새로 집을 사서 오늘 처음 입주하는 날이란다. 사위는 호주에 가자마자 몇 개월 만에 취직을 했는데 딸도 지난 주에 직장을 얻어 회사에 다니기 시작했단다. 반가운 소식이다.

날씨가 우중충하다. 일기예보를 들으니 주말에 비가 온다고 하던데 딸 전화를 받고 보니 그래도 괜히 기분이 좋다. 혼자 커피 한 잔 마시면서 흥얼거린다. 부모의 마음이란 이런 건가 보다. 어디에서 살든 자식들 잘 되는 게 부모로서는 가장 큰 행복인가 보다.

조성순

- 흔적
- 고등어
- 옷걸이

〈산문〉
- 시의 악수

흔적

녹다 그친
봄눈이려니 했다.

오대산 월정사
어둠을 밝히고 떠난 有無名의 부도 위
寂滅의 安居에 드신
흰나비 한 마리

고등어

고등어가 어머니를 업고 왔다.

흰 광목 차일이 하늘을 가리고
데리고 온 비릿한 갯내가 땅거미로 걸려 있는 곳
비좁은 나무 궤짝 속에 몸 비비며 누워 있거나
큰 놈 작은 놈 생각 벗은, 몸을 서로 동무하여 새끼줄에 의지한 채

밥 짓고 난 잿불에 몸을 굴리기도 하고
옹관에 누워 불길 따라 몸 들썩이며 숨 쉬다가
둥근 상에 오르는

바다가 먼 내륙에선
제삿날이나
귀한 손이라도 온 날
수평선 같은 푸른 등줄기가 눈에 띄었다.

―얼룩말처럼 줄무늬가 있는 놈은 노르웨이산이고,
―옅고 짙은 색이 선연한 놈이 우리나라 연근해산이라오.
비린내 앞치마가 귀엣말을 한다.

대처 나가 속 썩이는 아들 때문에
생긴 번민이 몸뚱이의 잿빛과 검은빛을 선택했을 것이다.
분단된 나라의 남과 북을 오르내리다가 허리춤에 금이 그어졌을 것이다.

"

큰 부잣집 주인이 고등어 껍질로 쌈 싸먹다 삼 년 만에 망했다는
전설 같은 어머니의 말씀을 업고 오는

이제는
아내가 이어받아
바다 건너 제주도에 낚싯대를 놓기도 하고
구룡포에 주낙을 던지기도 하며
귀갓길 늦은 나를 낚시질한다.

—여보, 제주도에서 손님 오셨다오.
—여보, 구룡포에서 당신 엄니 오셨소.

머리 허연 파뿌리들 청와대 구경 왔다가
도마뱀 같은 열차 타고 단풍놀이 갔다가
문득 그리워
밀폐된 비닐 팩에 담겨
나를 만나러 오시는
어머니

옷걸이

이월의 햇살이
고드름에 걸린 것처럼
나도 어디엔가 걸리고 싶다.
걸려서 햇살인지, 고드름인지, 녹아내리는
물인지 분간 안 되는 존재이고 싶다.

사월의 아기 바람이
저보다 더 여린 신록의 나뭇잎에 걸린 것처럼
나도 누구에겐가 걸리고 싶다.
바람이 나뭇잎을 부둥켜안고 있는지,
나뭇잎이 바람을 붙잡고 놓지 않고 있는지,
구분이 되지 않는 불가해한 존재가 되고 싶다.

남루하고 때 묻은
삐쭉빼쭉 모난 돌들 돌아앉은
무너진 성터에
어느 햇살인들 잠시 머물다 가겠느냐?

고단한 너덜길 가기 힘들 때
땀에 젖은 마음 옷 벗어
해바라기하게
나, 누구의 가난한 옷걸이 되고 싶다.

가을 잠자리
가다
잠시 쉬고 있는 바지랑대 끝

시의 악수

시가 나를 찾아온 게 어느 때였나. 아마 초등학교 사 학년 즈음이라는 생각이 든다. 당시 여름 방학 숙제에 식물 채집, 퇴비 얼마, 동시 몇 편 등이 있었는데 예나 지금이나 놀기 좋아하는 나는 개학 하루 전날 밀린 한 달 치 일기를 한꺼번에 쓰기도 하고, 적당히 말린 퇴비를 새끼줄로 묶기도 하며 개학 맞을 준비를 하고 있었는데 당최 동시 쓰기는 안 되는 것이었다. 아무리 뻔뻔하고 염치없는 놈이라 해도 교과서에 나오는 동시를 내 시라고 베껴 갈 수는 없는 노릇이었다.

그래서 교대를 나와서 초등학교 교사를 하고 있는 숙부의 책상을 보니, 영일 어느 학교에 교생실습을 갔다가 마칠 때, 그곳 아이들이 써서 선물로 증정하여 받은 등사본 동시집 한 권이 보였다. 그중에서 세 편을 베끼고 나니 일단 적이 안심이 되었다. 왜냐하면 내가 사는 곳보다 더 깡촌인 영일 촌놈들이 쓴 것이었고, 그런 촌놈들이 쓴 것을 우리 선생님이 아실 것 같지 않으니, 적당히 내가 썼다고 우기면 될 것도 같았다. 그러나 한편으로는 촌놈들이 쓴 시치고는 좀 세련되어 보이는 게 마음 한구석에 켕겼다.

그렇게 방학 숙제를 해내고 얼마쯤 지난 뒤에 선생님께서 나를 불러서 그 시 네가 쓴 거 맞느냐고 물었다. 나는 베꼈다고 하면 혼날 줄 알고 "네."라고 당당히 대답을 하고 머리를 긁적이며 교실로 돌아왔다. 선생님께서 정말로 네가 쓴 거냐고 말씀하셨을 때, 아니라고, 베꼈습니다 하고, 대답했더라면 인생이 달라졌을 텐데……

그 일이 있고 난 뒤 얼마 후 나는 학교 대표로 군내 백일장에 나가게 됐다. 글제는 '고추잠자리'였는데 얼굴을 시뻘겋게 해가면서 어떻게 글을 만들어냈다.

백일장에 참가하고 난 뒤 은근히 그 결과가 궁금했는데, 한 달쯤 지난 어느 날, 선생님 자리에 일이 있어서 갔다가 선생님이 계시지 않은 책 상 위에 백일장 결과 통보로 놓여 있는 내 글을 우연히 보게 됐다. 내 글 여기저기에 붉은 줄이 쳐져 있고, 아이 답지 않은 노숙한 표현이라 는 둥, 동시답지 않다는 둥 하는 평을 보게 되었다. 얼굴이 화끈거렸고, 거짓말한 게, 글을 잘못 베껴 쓴 게, 후회되고 또 후회되었다.

나중에 알게 되었지만 영일 촌놈들의 동시라고 베낀 것들은 윤동주의 동시도 있었고 또 신문에 나기도 한, 꽤 이름 있는 상을 받은 작품도 있 었다. 그 촌놈들이 다른 사람들의 작품을 베낀 것을 내가 또 베껴서 숙 제로 낸 것이었다.

그렇게 시는 내게 왔다. 그게 계기가 돼서 이듬 해 다시 군내 백일장 에 나가게 되었고, 거기서 나는 지난해와 달리 입선인가 특선인가 했고, 그 다음 해는 더 큰 상을 받았다. 〈거미〉, 〈구름〉 같은 내 글이 교사들 의 기관지인 『새교실』에 실리기도 했다.

내가 다닌 고등학교 문예반에서 보낸 삼 년간의 생활은 어릴 때 베껴 쓴 내 행위가 우연한 게 아니란 걸 보여 줬다. 교과서에 나오는 시는 공 부를 하지 않고 신춘문예에 등단한 시인들의 시를 공책에 베껴 놓고 외 거나 하며 장차 나도 그렇게 될 거라는 착각에 빠졌다. 그때 읽은 시로는 민음사에서 펴낸 김수영의 〈거대한 뿌리〉란 같은 제하의 시도 있었는데 '나는 지금 버드 비숍 여사와 연애하고 있다. ……아이스크림은 미국× ×대강이나 빨아라…….' 하는 구절을 큰 소리로 외며 다니곤 했다. 뭔가 시는 이래야 된다는 생각이 들었다. 그리고 신동엽의 〈껍데기는 가라〉도 외웠다. 힘이 철철 넘치는 강개한 목소리가 몸으로 전해졌다. 신동엽의 曄 자를 '엽'으로 읽지 못해 '화'로 오독을 하면서도 마냥 좋아했다. 이 신동엽의 시편들은 그 뒤 대학원 석사과정 때 학위논문(알맹이 정신의 시적 변용-신동엽론) 제재가 되기도 하였다.

그 당시 대학은 가지 않고 시골로 귀향하여 시만 쓰며 살려고, 시를 쓰다가 죽어도 좋다는 치기어린 말도 하고 다녔는데, 지금 생각해 보니 정말 그렇게 살려고 하지는 않았고, 그런 말을 하면 다른 이들이 나를 그럴싸하게 여겨주길 바라지 않았나 생각한다.

대학의 국문학과에 들어가서 신춘문예나 신인상에 여러 차례 응모를 하여 결심에 몇 차례 오르기도 하였으나 최종 선에 든 적은 없었다.

먹고 산다는 핑계로 시와 멀어지기도 하였으나 시를 잊고 산 적은 없었다. 그러다가 늦깎이로 모 계간 문예지에 신인작품상을 받아 문학 동네에 발을 붙이게 되었다. 시를 쓰는 행위를 어릴 때처럼 죽어도 좋다고 치기어린 생각을 하며 쓰지도 않고, 내 인격의 장식물이라고도 생각하지 않는다. 다만 게으른 내 천성에 분발이 되는 그 무엇이 와서 한 번 제대로 내재된 뜻을 발현해 보고 싶은 바람은 있다.

어느 날, 같은 직장에 몸담고 있는 시백, 백 선생께서 강남의 모 문학회에 한 번 놀러 가자고 해서 따라나선 게 어쩌면 이런 꿈을 이뤄 줄 계기가 될지도 모르겠다. 초등학교 때 동시 한 번 잘못 베껴서 인생의 방향이 정해진 것 모양, 우연한 걸음에 머물게 된 이 문학회에서 뿌리를 튼실하게 하고, 줄기를 곧게 하여 제대로 한 번 기지개를 켤 생각의 따리를 트는 것은 과대망상일까, 치기어린 마음의 번갯불일까.

내 주변에는 이름만 대면 알만한 유명 문인들이 더러 있다. 그들을 보아온 내게 이곳 동네의 문인들은 소박하며 은근하다. 정취가 있다. 매명을 하지 않고 조촐하게 사는 이들과 지내며 나도 그 향기를 나투어 보겠다는 생각을 한 번 해 본다.

조임생

- 청포도 나무 아래서
- 피아노
- 진주

〈산문〉
- 서로 닮아 가는 부부

청포도 나무 아래서

칠월의 청포도나무 아래
어머니가 앉아 계시다
살을 나누고 피를 나누어 주고도
더 주고 싶은 마음
포도나무 가지마다 주렁주렁 매달렸다.

포도 잎으로 똬리를 틀고
청포도 알알이
잘 익은 햇살 바람 뚝뚝 떼어 비벼 넣고
한 바구니 가득
고개가 휘도록 이고 계신 어머니

포도나무 아래 서면
가슴속 에이는 한 줄기 눈물
살아생전 설익은 내 사랑도
조금씩 단물 들고 여물어 가는 소리
단단한 그리움의 씨앗들이 박힌다.

피아노

나를 연주해 주십시오.
당신의 손길이 터치한다면
일상의 알 껍질 속 공허로 삶을 채우던 나는
다시금 분홍빛 부리를 흔들며 깨어날 것입니다.

동해안 등 푸른 파도 소리도 일으켜 세우고
비 갠 창공의 푸르름을 누비며
한땀 한땀 오월의 풀꽃들도 수놓을 것입니다.
흰 달밤의 피리 소리도 몇 가닥 잘라
잠 못 이루는 이의 귓가에 두겠습니다.

당신이 두드리지 않는다면
나는 아무 의미 없는 하나의 물체일 뿐
스스로는 생명력을 얻을 수 없습니다.

오늘 나를 연주해 주십시오.
당신의 손끝에서
방울방울 맑은 선율로 구르며
분수처럼 내 영혼이 솟구치게 하십시오.

진주

바다 속 조개 한 마리
울고 있네. 바닷물에 쓸려 와
연한 살 속에 박힌 모래알 하나
생살 조금씩 저며 내고 있었네.

뱉어 낼 수 없는 가시
참고 견디다
삶을 위해 조개가 터득한 방법은
영혼의 뿌리 깊이 진액을 끌어올려
품어 주고 감싸 주는 것
아픔도 갈아 단물처럼 마시는 것

바다 한 자락 다 해어지도록
고뇌로 빚어낸
희망 한 방울
겹겹이 눈부신 빛으로 싸이네.

젊은 날
허무의 가시 채 한 아름씩 베어내며
당신을 찾아
끝도 없이 표류하던 그리움의 강
그 끝에서
오롯이 만나는 진실의 기쁨
내 생애 가장 귀한
만남이네, 당신은.

서로 닮아 가는 부부

　오랫동안 결혼생활을 한 부부는 서로 닮는다고 합니다. 생활방식도 성격도 입맛도 서로에게 길들여지다 보니 얼굴까지 비슷해진다는 것입니다.

　인터넷을 서핑하다가 참 아름다운 사진을 만났습니다. 호숫가 벤치에 앉아 있는 어느 외국인 老부부의 사진인데 아마 여행 중이었나 봅니다. 은발로 빛나는 부부의 옆모습이 역광 속에 비치는데 말할 수 없이 평화로운 분위기였습니다. 인생을 관조하는 연륜 때문만이 아닙니다. 오랫동안 차곡차곡 쌓아올린 넉넉한 사랑이 두 사람을 하나로 아우르고 있었지요. 아내의 어깨를 부드럽게 감싸 안은 남편과 그 남편의 가슴에 기댄 아내의 모습이 무척 닮았다는 생각이 들었습니다.

　찰랑대는 호숫가 벤치에 앉아 말없이 노을을 바라보는 노부부의 모습은 그대로 한 폭의 그림이었습니다. 문득 이만큼 닮기까지 노부부의 남모르는 속앓이와 힘겨운 과정이 느껴졌습니다.

　정도의 차이는 있겠지만 남남끼리 만나 부부가 되어 살아내는 일이 어찌 쉽겠습니까? 누구에게나 나를 버리고 깎아내고 비우는 일을 반복하면서 참아 내는 시간이 반드시 있을 것입니다. 게다가 상대방을 용납하는 너그러움도 키워가야 합니다. 그러는 동안 강물처럼 세월이 흐르면서 부부는 점점 서로에게 닮아가는 것입니다.

　우리나라의 이혼율이 세계 3위라 합니다. 함께 살아가기에 필요한 덕목들이 세상풍조에 자꾸 유실되면서 생긴 결과입니다. 남편과 아내를 바꾸고 헤어지는 일을 요즘 젊은이들은 너무 쉽게 행동으로 옮긴다는 생각이 듭니다.

　피치 못할 사유가 아니라면 좀 더 참아 보고 견디는 것이 훨씬 좋은 결과를 낳을 수 있습니다. 충동적으로 헤어지고 나중에 후회하는 사람을 많이 보았습니다. 결혼 생활이 어려워진 것이 너 때문이 아니라 나 때문일 경우도 많습니다. 누군가 말했습니다. 수십 년간 형성돼 온 상대방의 성품을 바꾸려 하지 말고 차라리 나를 바꾸는 것이 훨씬 현명하다고요.

　이혼의 사유도 많습니다. 성격문제, 집안문제, 경제적 문제 등등. 하지만 우리 전 세대 부모님들은 성격문제도 참 잘 극복했고, 끼니가 어려운 열악한 환경도 감내하며 한세상 살아내, 결국 인생의 황혼 길에 아름다운 동반자가 되었습니다.

　부부의 이혼은 부부만의 일로 끝나지 않습니다. 죄 없는 아이들에게 깊은 상처를 남기게 되고 주변 사람들에게도 피해를 줍니다. 젊은 날의 불꽃 같은 로맨스는 잠시 후 스러지고 말지만 곤고한 삶의 여정을 함께한 부부의 사랑은 견고하고 서로 닮게 하며 하나 되게 하지요.

　호숫가 벤치에 앉아 어깨를 기댄 노부부 사진이 볼수록 마음을 따뜻하게 합니다.

최금녀

- 위험지역
- 최신 정보
- 신열(身熱)

〈산문〉
- 바람에게도 밥 사 주고 싶다

위험지역

대관령 넘어가는 길에
참 황홀한 지역 있습니다

골짜기 어디쯤에서 올라온
희고 뽀오얀 결이
차를 세우고
기다렸다는 듯 살금살금
에이리언처럼 몸을 감아 옵니다

처음엔 조금씩이다가
점점 정신 못 차리게 조여 옵니다
나중엔 몸을 다 먹어 버리고 맙니다

그 부드러운 결에 몸을 맡기고
이 세상에 없는 사람처럼
숨 쉬는 것도 멈추고
그 자리에 황홀하게 서 있습니다.

최신 정보

요즘 새로 개발한
감기 치료법 알고 있나요?

최신 정보입니다
먼저 치킨 수프를 마시고
느긋하게 소나무 밑에 누워
3시간만 책을 읽는 겁니다

그리고는 소나무가 들려주는
노래를 듣는 것입니다
그 참, 명창 아닌가요?

신열(身熱)

창밖에 서 있는 한 그루 나무
비 오는 날
가지에 매달린 물방울이 눈물 같아
내 마음 애달프지만
내가 네게 건넬
적당한 말이 없다

흰 눈이 내리는 날
하얀 눈을 쓰고 눈사람인 양
조심조심 내 앞에 서더라도
받아 안은 흰 눈이
네 애틋함의 무게로 휘어지더라도
내가 네게 건넬
적당한 말은 없다

결국 네 몸이 내뿜는 신열로
눈은 혼자 녹아내리겠지만,
아침에 피었다 저녁에 져버린
꽃 그림자 같은 적막이 너를 둘러싼다 해도
내가 네게 건넬
너의 심연으로 건너갈,
적당한 말이 내겐 없다.

바람에게도 밥 사 주고 싶다

옛 만주땅을 돌아보았다.

집안(輯安)에서부터 흐려지기 시작한 마음이 압록강에서도 걷히지 않았다. 집안은 강원도 어느 산마을 같이 깊었다. 조선말 하는 사람이 일만 명이 넘는다고 했다. 초등학생에게 조선말 열심히 가르치는 조선족 젊은 여교사의 해맑은 눈빛을 마주하면서, 입양 보낸 자식을 만난 듯 면목 없었던 것은 그 땅의 내력 때문일 게다. 우리가 한 핏줄임을 알고 있느냐는 질문은 무슨 의미가 있겠나 싶어 꺼내지도 않았다.

중국은 우리 역사상 훌륭했던 왕으로 기억하고 있는 국강상광개토경평안호태왕비(國岡上廣開土境平安好太王碑)의 이름을 앞뒤 다 잘라버리고 '호태왕비'라는 줄인 이름으로 세계문화유산에 등재시켰다. 위세당당했던 광개토대왕비가 갑자기 허수아비로 느껴졌다. 오래 머물 생각이 없어 광개토대왕비와 장수왕, 그 신하들의 무덤을 그 땅에 놓아두고 발길을 돌렸다.

내친걸음으로 민족의 영혼이 스며든 압록강을 일정에 넣었다. 단동(丹東)으로 이동했다. 짠한 마음이 다스려지기도 전에 압록강변에 닿았다. 강변이라야 가까이에서 강물을 내려다볼 수 있는 거리는 아니었고 멀리 있는 강 건너편을 기껏 망원경으로 끌어당겨 볼 수 있었을 뿐이었다. 그나마도 압록강을 가장 가깝게 바라볼 수 있는 곳이다.

더 솔직하게 말하면 몸을 북쪽에 좀 더 가까이 댈 수 있는 곳이었다. 그래서 단동하면 압록강이고 압록강 하면 북조선이 그려진다.

속 깊은 마음을 담아 보내는 눈길. 망원경에 눈을 바싹 대고 뚫어져라 바라보는 사람들. 그쪽과 혈연관계 없는 사람도 그곳에 가면 심각해지는 것인지 대부분 그랬다. 울 깊은 나무들도 없어 볼품없는 능선이었지만 어머니 치맛자락에 얼굴 댄 듯 떠나기 싫은 곳이었다.

그 건너편 어딘가에는 부르면 달려올 것 같은 실향민의 고향이 있다. 내가 이 세상에 태어나 태를 묻은 영흥도 그곳에 있다. 모천을 찾아드는 것은 연어뿐이겠는가. 고향을 그리워하지 않는 사람 어디 있을까.

이곳에서 명사십리까지는 몇 킬로나 될까. 기차선로는 깔려 있을까. KTX라면 몇 분이나 걸릴까. 누가 살고는 있을까. 되지도 않을 계산을 해 본다.

요단강보다 더 막막하게 느껴지는 강을 하염없이 바라본다. 말릴 수 없는 이런 마음을 이북 출신 말고 누가 알겠으며 이 원초적인 그리움을 상상이나 해 보았겠는가.

나이 오십이면 하늘의 뜻을 헤아린다고 공자는 말했다. 오십 년도 넘긴 첫사랑이 애틋함을 넘어 쓰라림이다. 호호백발의 마지막 사랑이다. 들끓던 정열도 텅 빈 광장이 되고, 아팠던 것, 그리웠던 것, 억울했던 것 모두 만세 삼창하고 흩어져 버리는, 그 무쇠 같은 세월의 힘으로도 다스려지지 않는 향수병. 향수라는 병은 악성 종양보다 더 뿌리 뽑히지 않는다. 맵고 짜다.

핏줄이라는 것, 죽음으로도 끊어낼 수 없는 핏줄, 생각해 보면 인류를 오늘날까지 이끌고 온 동력이 아닌가 싶다. 여든여섯의 아버지가 눈 감으며 내게 넘긴 유산이 있다.

"고향에 가거든 할아버지 할머니 산소를 찾아뵈어라."

실향민 외에는 넘겨받지 못하는 슬픈 유산이리라.

우리에게 가호적이라는 말이 있을 때가 있었다.

고향이 이북인 사람에게 내린 특혜였겠다. 그때부터 출생지가 서울로 변했다. 창씨개명 같은 것이 아니라고 누가 말할 수 있겠는지. 학교에 입학할 때, 신원을 확인 받아야 할 때, 이력서를 쓸 때, 우리는 얼굴 가리고 고향을 슬쩍 서울이라 적었다. 참으로 어리둥절한 일이었다. 일제 하에서도 창씨개명만은 하지 않았었는데…….

본적지를 묻는 란에서는 늘 숙연했다. 어딜 적어야 하나? 아 참 서울이지. 입시문제처럼 신중하게 서울로 기재했던 시절, 이북이라 적으면 한 번 더 쳐다보던 시절, 지금도 우리는 가호적 인생이다. 가호적으로 사는 이상 몇 십 년이 지나도 타향일 수밖에 없다.

본적지가 왜 서울이어야 했었는지 누구에게 따져 봐야 할지 알 길 없다. 그곳에서 태를 끊고 이 세상에 태어난 사람들, 광풍 같은 전란으로 고향을 순식간에 잃어버리고 반세기를 훌쩍 넘긴 이북 출신들은 강 하나를 가운데 두고 애태우는 가호적 인생들이다.

어쩌다 신문에 남북한 교류니 이산가족 상봉이니 하는 기사만 보고도 곧 만날 듯 가슴 부풀어 잠못 이루는 실향민들, 그 한스런 삶도 역사 속으로 사라지고 있다.

압록강 이남에서도 압록강 이북에서도 마주 바라보며 잠 못 이루는 한 많은 사람들, DNA를 이어받은 2세들이 자라고 있는 한 1세대들만의 한(恨)도 아니리라. 이제는 돌아가 만나 볼 직계들도 모두 세상 떠난 땅이지만, 실향민들은 눈만 뜨면 살아서 저 강 건너갈 수 있게 해달라고 날마다 기원한다.

　그날 나는 강 건너 쪽에서 자라나는 나무들, 강물들, 바람들을 불러 내 마음을 전했다.

나무들아, 얼마나 고생이 많았느냐
나 잠시도 너희들 잊지 않았다

강물들아, 울지 마라
우리가 한 몸이 되는 좋은 시절이 오고 말 것이다

바람아, 우리 언제 모여 맛있는 밥 먹으러 가자
이 세상에서 제일 맛있는 밥
한솥밥
우리들 함께 먹는 밥
한솥밥 먹으러 가자

압록강아,
한솥밥 먹는 그날까지
뒤돌아보지 말고
흘러 흘러만 가다오.

하두자

- 자, 마이카에 가다
- 풍금을 누르다
- 그녀가 다녀간 순례길이다 포구는

〈산문〉
- 법웅 스님께

자, 마이카에 가다

빨간 폭스바겐이 단풍을 창문에 달고 왔다 렉서스가 문짝에 물푸레 잎을 물고 왔다 오피러스가 느티나무 잎을 지붕에 이고 왔다 에쿠스는 커다란 플라타너스 잎을 바퀴에 붙이고 왔다 물푸레 잎이 느티 옆에 비스듬히 누워 있었다 느티는 빨간 단풍을 보고 있었다 빨간 단풍이 손뼉을 치며 깔깔거렸다 느티가 부은 발바닥으로 느릿느릿 물푸레 잎새로 걸어가고 있었다 플라타너스 잎새에 빨간 단풍이 깔렸다 사거리에선 신호등이 빨간 불을 켜고 있었다 앰뷸런스가 엑셀을 밟으며 질주하고 있었다 아스팔트가 하얀 붕대를 감고 있었다 가을이 빼곡히 들어앉은 자마이카 자동문은 저절로 닫혀 버렸다 파란 하늘이 주차장을 견인하고 있었다

풍금을 누르다

오래된 사진첩을 넘기면
내 나이보다 젊은 아버지가 걸어 나온다
몸과 이름을 버리고
몇 개의 풍경만 간직한 채
하늘에다 길을 내고 있다
삶과 죽음으로 한 몸을 이룬 아버지는
몇 번씩 잠을 자며 겨울을 맞이하고
너희들의 등받이 의자가 된다던 아버지는
지금쯤은 별똥별이 되어 빛나고 있기는 하는 걸까
절망할 여유도 없이 빠른 시간으로 지나가는 세월
느릿느릿 기어 나온 젊은 아버지에게
부서진 풍금 같은 추억은
창밖을 힐끔거리고
내 몸을 수없이 베어 주던 잡동사니 기억들
그리운 생각은 언제나 죽음의 저편에 서 있다
빽빽한 통증으로 낮게 현을 긁어대며

그녀가 다녀간 순례길이다 포구는

당신의 바다엔 당신이 아직 만나지 못한 내가 있다

파도에 저당 잡힌 당신은 내 안에 있다

바다에서 건져 올린 하얀 그믐달

물결 사이 몇 장 바람으로 낡은 목선을 흔든다

한 번의 출항과 한 번의 귀향에

달빛 등대로 걸어 나간 발자국만 보았다

취해도 제 마음 드러내지 못한

내 몸엔 주렁주렁 바다가 자라나고

차례로 밀물지는 길과 길을 놓치는 사이

당신의 손바닥엔 당신이 아직 만나지 못한 나의 물자국만 남긴다

〈산문〉

법웅 스님께

안녕하신지요.

산사를 오르다 보면 저 너머 쪽의 산등성이 소나나무가 이쪽에선 단지 숲으로 보일 뿐이라는 걸 요즘에서야 산에 들면서야 알았습니다. 산속에선 모두들 나무처럼 잠을 자고 나무처럼 말을 하고 하늘을 우러러 본다고 하셨지요. 그러나 속세의 사람들도 나무숲의 꿈을 꾼다고 내가 말했을 때 숲처럼 스님은 잔잔한 솔바람소리로 웃어넘기곤 하셨던 기억이 지금도 가물거리네요.

하지만 솔향기처럼 그런 상큼한 내음으로 만난 스님은 나에겐 아직도 바람소리와 들녘의 흐드러진 개망초 무리와 함께 있습니다. 5월의 싱그러운 풀 냄새와 바람은 아가의 살결같이 풋풋한 기억으로 또한 남아 있구요.

돌아보면 지금도 우리의 가슴을 훑고 가는 시간의 소리들을 봅니다. 세월을 닮은 그 소리들은 새들의 울음소리처럼 늘 끊어졌다가는 어느새 목청을 높이어 나를 부르는 듯합니다. 소리의 시간이란 되풀이되는 뒤척임 혹은 가둘 수 없는 전자운동이 아닐까요?

내가 힘들어 하며 당신을 찾아갔던 그 법당은 솔바람 이는 한적한 산사도 아니었고, 세월의 더께가 내려앉은 이끼 낀 돌계단이 많은 근사한 산사도 아니었지요.

꽉 막힌 마음을 어느 곳에 풀어 놓을 수 없어 헤매일 때 만난 당신, 어떤 인연이 주어졌는지 모르지만 그 오랜 시간을 끊어졌다 이어졌다 하며 여기에 이른 걸 보면 스님과 함께해야 할 인연은 오래전부터 주어졌나 봅니다.

지금 구도의 길을 걷고 계시는 스님 곁에 가끔은 나도 솔향기로 다가가고픈 충동을 느끼지요. 바람결과 날씨에 따라 파동을 일으키는 무슨 돌발적인 힘이 당신에게 주어졌는지도 모르지만 힘이 들어 어려우면 보채듯 찾아가 가끔 얼굴 내밀어 있다 오는 집, 언제나 정진수행하시는 당신의 이야기를 듣고 오는 것 이런 게 아마도 나의 버팀목이기도 한 모양이지요.

일체의 모든 상념을 벗어던지고 계곡 물소리처럼 법문을 일러주시는 당신의 모습을 문득 봅니다. 오늘도 간절한 우리들의 염원을 기도를 통하여 구원의 길로 손짓하고 계시겠지요.

종은 비어 있어야 그 여음을 멀리 보내고 강물은 아래로 흘러야 바다에 이른다고 하지만, 비우고 내려놓는 그 이치를 깨닫지 못하고 나날을 미망으로 지샙니다.

전전긍긍하며 내 눈앞의 어려움들에 힘들어 하며 가파른 산길을 혼자서만 올라간다고 여길 때 어쩌다 기웃대며 산사 처마 모퉁이에 걸치고 앉아 있다 오는 곳, 그래도 그곳엔 당신이 있어서 입니다. 내 안의 바람에 어쩌지 못하고 이리저리 휩쓸려 다니고 있어도 마음 한 자락 펴고 살 수 있었던 것은 그래도 의지 삼고 있는 당신의 등불이 있어서겠지요. 거대한 폭풍우의 흔들림과 벗어날 수 없는 번뇌에서 산사를 찾는 건 허허롭게 털어버리고 정진하시는 당신에 대한 나의 믿음이겠지요.

인연이란 아마 물속에 잠겼 있을 뿐인, 잠시도 멈추지 않는 물결 같네요. 스님과 함께했던 순례법회 방생기도 등등이 내가 무슨 신심이 있어서도 아닌, 딱히 어정쩡한 자리에서 잠시 떠밀려갔다 온 기억들이 반짝임으로, 혹은 찰나의 황홀함 뭐 그런 것들로 가슴속에서 출렁이네요.

10년이 지나고 20년이 지나고 어떤 모습으로 살아갈는지 모르지만, 그래도 우린 그때쯤에도 인연이 끝나지 않는다면 당신은 그냥 그 자리에 서 계셨으면 합니다.

그대, 누구신지요

절 마당으로 들어서는데
누가 날 부르고 있는가
바위틈에 앉은 푸른 이끼인지
법당 뒤 화사한 산벚꽃인지
건성건성 스쳐 지나가며
어쩌다 얼굴 디미는 내가
안타까웠을까
냅다 법당으로 밀쳐 넣는다
봄날 외진 산사에서
저마다 품속에 꽃등 하나씩 달고
꽃여울 슬쩍 흘리고 서 있는
그대가
누군지 이제 알겠다.

구희문

- 동백꽃 피던 날
- 뻘배
- 얼지 않는 바다

〈산문〉
- 속리산 둘레길

동백꽃 피던 날

혼아,
혼아 빨갛게 불타는 혼아
내 꽃아

낭기 낭기
허연 내 속을 뚫고 나와
붉게 물들어
이른 봄볕에 넣어 놓았더니

청춘이란 이름 하나
어디 걸치지 못하고
가버린 것 같이
낭기 낭기 떨어져 버린 것 같이

이른 봄볕에
돌담 밑을 서성이누나

아는 이 지나도
낯 붉히고
모르는 이 지나도
낯 붉히는 이는
진정 아름답지 않은가

나뭇가지 목메어 우는 꽃보다
진정 아름답지 않은가

한잎 두잎 얼기설기
떨어진 꽃잎들은
진정코 아름답지 않은가

뗄배

밀물아 밀물아
어서어서 날 당겨다오
하얀 조가비 캐러
뗄배 타고 가자꾸나

하얀 조가비 뗄 가득
하늘 가득
울 아이 꿈 노는 바다
———
실렁실렁
먼 바다 물들어 온다
하얀 조가비 뗄배 실어
돌아가자꾸나

썰물아 썰물아
어서어서 날 밀어다오
울 아이 꿈 실고
어서 돌아가자꾸나

얼지 않는 바다

바다는 얼지
못한다

파란 바다는 얼지
않는다

어매 아배
철썩철썩
눈물같이 얼지
못하는 바다

눈망울 파란
아이들이,
무지개로 그리다
잠이 든 바다
푸른
바다 위를 아이들이
논다

속리산 둘레길

보은 속리산국립공원은 내 고향이다. 서울고속버스터미널에서 2시간 30분이면 속리산 버스정류장에 도착한다.

속리산 높이 1058m이다. 784년(신라 선덕여왕 5)에 진표가 이곳에 이르자 밭 갈던 소들이 무릎을 꿇었다. 이를 본 사람들이 짐승도 저러한데 하물며 사람들이야 오죽하겠냐며 속세를 버리고 진표를 따라 입산 수도하였는데, 여기서 '속리'라는 이름이 유래되었다고 한다. 산중에는 1000년 고찰 법주사가 있다. 세 번 오르면 극락에 갈 수 있다는 속설이 전해지는 문장대에 서면 산 절경이 한눈에 펼쳐진다. 하늘 높이 치솟는 바위가 흰 구름과 맞닿는다 하여 일명 운장대라고도 한다. 이 외에도 만수계곡, 서원계곡, 신선대, 산호대 등 8석 8문이 있다.

법주사 가는 길을 지나서 법주사에서 문장대까지 왕복 4시간이면 충분하다. 서울서 버스를 타고 가서 산행하고 서울에 오면 오후 8시 정도 된다. 아직 속리산에는 둘레길이 없다. 현재 여러 가지 상황에서 둘레길이 하나 있어야 할 것 같다. 등산 인구 560만이라 한다. 자전거 인구는 더 많다. 도보 인구도 그와 같다. 지리산 둘레길, 북한산 둘레길, 제주도 올레길을 찾는 사람이 많다.

둘레길이 가능한 곳과 자전거 여행길, 도보구간을 설명 드리고자 합니다.

〈1코스〉 갈목삼거리~(3.3)터널구간 삼가저수지~구병리(10승지 중 한 곳) 길이다.

〈2코스〉 속리산 터미널~상판리~백현리~(11)괴산(용화)

〈3코스〉 용화(화북면)~경사가 약간 있어 자전거로도 좋다~상오리 (상주)

〈4코스〉 삼가저수지~대목리~천황봉~상오리(화북면) 등산구간이다. 또는 삼가저수지~만수리 형제봉~상오리 등산 구간이다.

〈5코스〉 적암리~구병산(충북의 알프스)~구병리~속리산

〈자전거 이용방법〉은 속리산 버스터미널 옆 속리산 관광안내소에서 자전거를 비치해 놓으면 자전거를 대여해서 갈목삼거리에서 구병리 길로 이동을 자유롭게 하거나 또는 구병산을 등산하고 속리산으로 이동하도록 구병리에 자전거를 비치하는 방법이다.

또는 장안리 우체국에 자전거를 비치해서 구병리(10km)로 이동을 자유롭게 하는 길이다. 또한 장안리에서는 청주나 대전, 서울로 오는 버스가 30분 간격으로 있는 것으로 알고 있다. 장안리에는 99칸 집이 있다. 이곳은 암행어사와 전설의 고향 촬영지였다. 서원리 계곡에는 고시원이 있다. 유명한 곳이다. 행시나 지방행시에 합격생들이 많다.

현재 구병리는 버스가 운행되지만 많지가 않다. 자전거를 비치할 만한 곳은 1.속리산 터미널 법주사에서 저수지 끝부분 2.장안리 3.구병리 4.적암리 5.백현리가 좋을 것 같다.

현재 코스는 도보로 가는 구간과 자전거로 가는 구간을 겸용해서 할 수 있다.

〈자전거 활용방법〉 프랑스 경우에는 자전거로 도시를 여행하게 하였다. 자전거 하루 대여료가 천팔백 원 정도 되는 걸로 알고 있다. 자전거

를 이용하고 근처 자전거 대여하는 곳에 두면 된다.

원점에 다시 반환하는 것이 아니다. 그래서 자전거로 여행하면 편리하다. 속리산 둘레길 자전거 이용을 활성화하면 여러 가지로 편리해 보인다. 도로에는 '자전거 표지판'과 '둘레길 표지판'과 '도보구간 표지판', '감속운행 표지판'이 있으면 좋겠다. 목표지점에 도보로 걸리는 시간, 자전거로 걸리는 시간을 표시하면 상당히 좋다. 등산 인구와 여행 인구의 증가로 어떤 방안이 필요한 것 같다.

속리산 둘레길 제안해 봅니다. 좋은 하루 되세요.

권경애

- 감나무圖
- 옷걸이
- 오래된 음반

〈산문〉
- 하회(河回)행

감나무圖

이중섭의 〈빨래터〉 소동이 잠잠해질 무렵
신문 1면 머리에 커다란 감나무 사진이 실렸다
또 위작 시비가 붙은 그림인가,
이번에는 풍경화인 모양이군!
중얼거리며 사진을 들여다본다

완주군 운주면 산기슭
잎 다 진 바짝 마른 가지에
등불처럼 붉은 감들이 주렁주렁 매달려 있고

감나무 아래
저물도록 배추밭을 살피는 노부부
얼굴이 환하다

거칠고 험한 기사들을 제치고
말랑말랑하고 달콤한 것이 일등으로 뽑힌
새로운 화풍의 진경산수화를 들여다보는
입동 날 아침

옷걸이

오면 오는 대로
가면 가는 대로
싫다는 내색도 하지 못하고
좋다는 말은 더욱 못하는 나에게
속이 있기나 하냐고 비웃지 마.
툭하면 마음 비웠다고 말들 하지만
마음 비우는 게 그리 쉬운 일은 아니잖아.

그대를 사랑한다는 말 하지 못했듯
그대를 미워한다는 말도 하지 못하고
아무렇지도 않게 웃으라면 웃고
울라면 울면서 흔들흔들 바람에
누군가의 눈물이나 대신 말려 주는
나에게 줏대도 배알도 없다고
손가락질 하지 마.

이렇게 깡마른 어깨
이렇게 텅 빈 몸으로
어떤 젖은 생을 통째로 걸치고
허구한 날 눈물 글썽거리는
이게 본래 나이거든.

오래된 음반

유성기 복각판으로
노래를 듣는 오후

광막한 황야에 달리는 인생아
너의 가는 곳 그 어데이냐
쓸쓸한 세상 험악한 고해에
너는 무엇을
무엇을
무엇을*

바늘이 자꾸 툭툭 튄다
상처 없는 생이 어디 있으랴만
어떤 상처는 아물지 못하고
기억 속을 맴돈다 저토록
통증을 되새김하며

행복 찾는 인생들아
너 찾는 것 허무*

튀는 바늘을 들어 옮겨 놓지만
부러진 뼈를 맞춘 자리처럼
곡조는 이미 매끄럽지 못하다

툭툭 걸리는 걸음으로
절룩거리는 오후 한때

*2연, 4연 윤심덕의 〈사의 찬미〉 중에서.

하회(河回)행

엄마가 돌아가신 지 사 년이 넘었다. 돌아가시기 몇 달 전 우리 사 남매는 엄마와 함께 안동 하회마을을 다녀왔다. 입춘이 지나고 3월을 눈앞에 두었지만 아직 날씨는 차가운 겨울이었다. 엄마는 날도 추운데다 지금은 복원공사를 하고 있는 중이니 공사가 끝나는 따뜻한 봄에 가자고 하셨지만 우리는 그렇게 할 수가 없었다. 엄마가 언제 돌아가실지 모르는 상황이었기 때문이다. 재발한 암세포가 다른 장기로 퍼지고 소화력이 약해져 음식을 제대로 드시질 못하여 이미 기운이 평소보다 많이 떨어진 상태였다.

엄마는 풍산 류씨 집성촌인 하회마을에서 태어나 어린 시절을 보냈다. 그 후 외가가 모두 일본으로 건너가서 살다 아버지를 만나 결혼을 하고 다시 한국으로 들어와 아버지의 본가가 있는 영주군 풍기읍에서 10남매의 맏며느리로서의 삶을 시작했다. 비교적 풍족한 외가에 비해 친가는 살림이 어려웠다고 한다. 그 시절 많은 사람들이 그랬듯 보릿고개를 힘들게 넘는 고달픔과 혹독한 시집살이를 견뎌야 했다. 교사인 아버지를 따라 경북 일대를 옮겨 다니다 세무 공무원으로 전직한 아버지와 함께 인천으로 오고 나서 살림은 나아졌지만 그 이후 시작된 아버지의 외도로 평생 마음을 끓이며 외롭게 사셨다.

엄마가 사실 날이 얼마 남지 않은 것을 알게 된 우리는 평소 엄마가가 보고 싶어 하던 엄마의 탯자리, 하회에 다녀오기로 작정한 것이다. 하필 그때 엄마의 생가가 복원공사 중이라고 했지만 그건 문제가 되지않았다. 이박 삼일의 짧은 여행이지만 엄마의 체력이 감당할 수 있는지가 더 큰 걱정이었다. 우리는 오고가는 길에 엄마가 힘들면 누우실 수있도록 승합차 한 대를 빌려서 타고 가기로 하였다.

출발하기 전날 나는 엄마가 좋아하는 식혜를 만들고 새로 띄운 청국장을 소화되기 쉽게 곱게 갈아 작은 통에 담았다. 평소 엄마가 우리 집에 와서 만들어 주시던 것들이다. 엄마는 그것들을 맛있게 드시며 우리 딸이 이제 다 컸구나 하며 흡족해 하셨다. 중년의 딸이 아직도 엄마에게는 마음이 놓이지 않는 철부지였던 모양이다. 그 딸 역시 엄마의 칭찬에 어린아이처럼 좋아하는 철부지임에 틀림없었다.

안동 하회마을—낙동강이 마을을 태극모양으로 휘돌아 흐르는 곳으로 물이 돌아나간다 하여 물도리동, 또는 하회(河回)라 불리는 곳이다. 마을을 둘러싼 야트막한 꽃산, 울창한 만송정, 나지막이 흐르는 낙동강, 끝없이 펼쳐진 고운 백사장과 깎아지른 절벽의 부용대 등은 절경이다. 그런 자연의 아름다움 못지않게 조선시대 사대부 종택들의 고고함이 주는 당당한 아름다움은 우리 전통문화에 대한 자부심을 새록새록 느끼게 하였다.

하회마을은 풍산 류씨가 고려 말부터 터를 잡아 600여 년 동안 대대로 전통을 이으며 살아온 동족마을이다. 조선 중기의 유학자 겸암 류운룡 선생과 임진왜란 때 영의정으로 국난 극복에 공을 세운 서애 류성룡 선생으로 인해 전국적인 명성을 얻게 되었다고 한다. 독특한 지리적 조건으로 외침을 받은 적이 없는 하회마을에는 양반층의 기와집뿐만 아니라 서민들의 초가와 토담집에 이르기까지 옛 모습이 그대로 보존되어 있다.

얼마 전 유네스코 세계문화유산으로 지정된 이유도 그 때문일 것이다.

그중에서도 겸암 선생의 '양진당'과 서애 선생의 '충효당'을 비롯해 '북촌댁', '남촌댁', '하동고택', '주일재' 등은 나라에서 보물로 지정한 고택이다. 풍산 류씨의 대종택인 양진당은 겸암 류운룡 선생의 종택으로 겸암 선생의 부친인 류중영 선생과 겸암 선생 두 분의 불천위를 모시고 있는 사당이 있다. 충효당은 서애 류성룡 선생의 종택으로 선생의 불천위 사당과 함께 유물전시관인 영모각이 있다. 우리는 운이 좋게도 평소 공개를 잘 안 한다는 충효당을 안채까지 돌아볼 수 있었다. 기품이 서린 고택의 정기가 나도 모르게 옷깃을 여미게 해 주는 곳이었다.

엄마의 생가는 복원공사가 한창이었다. 새로 짓는 것보다 복원하는 것이 시간도 돈도 더 많이 든다며 앞으로도 두어 달 더 걸릴 거라고 한다. 여기저기 뜯어 낸 기둥과 흙더미 등으로 분위기가 꽤나 어수선하였지만 엄마가 태어나 어린 시절을 보낸 곳이라 생각하니 애틋함과 함께 마음이 차분히 가라앉았다. 엄마는 방 하나를 가리키며 그곳이 엄마가 이 세상에 태어난 곳이라 하셨다. 다시 돌아갈 날이 얼마 남지 않은 엄마의 탯자리를 보는 심정을 무엇으로 표현할 수 있을까. 뜨거운 감회와 먹먹한 슬픔, 안타까움으로 뒤범벅이 된 채 울컥 터져 나오려는 울음을 간신히 누르며 안채와 사랑채 그리고 별채 등을 둘러보았다.

그렇게나 그리워하던 고향에 가는 길이었지만 엄마는 내내 힘들어 하셨다. 평소 차를 타고 어디론가 다니는 걸 좋아하셨던 엄마였지만 기운이 너무나 부족하고 몸도 많이 불편하였던 것이다. 당신 사실 날이 얼마 남지 않았기에 어쩔 수 없이 서둘러 한 하회행이라는 것을 모르고 계시는 엄마를 바라봐야 하는 우리들에게도 힘든 여행이었다.

엄마는 평소에도 자주 소화불량에 시달리셨다. 그러나 다른 때와 달리 병원을 다니며 소화제를 오래 먹어도 낫지 않았다. 위내시경 검사를 하여도 별다른 이상이 없었다. 날이 갈수록 심해지는 소화불량에 한기가 자주 들고 불면증까지 심해졌다. 대학병원에 가서 진단을 받은 결과 말기 담도암이었다.

그 기막힘을 무어라 말할까. 믿을 수 없었다. 이건 말도 안 된다고 아무리 울부짖어도 엄연한 사실이었다. 엄마한테 어떻게 말씀드려야 하는가도 큰 걱정이었다. 결국 알리지 않기로 했다. 충격을 받아 병이 빠르게 악화될 것을 염려했던 때문이다. 병원에서는 수술을 받아도 얼마나 살 수 있을지 장담하지 못한다면서도 당장 통증이 심하니 암 덩이를 제거해 보자고 했다.

엄마가 수술을 받을 무렵부터 나는 모든 사고가 정지된 듯 아무것도 할 수 없었다. 수술 전후 엄마의 말할 수 없는 고통을 지켜보며, 엄마의 외롭고 서러운 삶을 생각하며 울고 또 울었다. 내 삶의 버팀목이었던 분이다. 주저앉고 싶을 때마다 엄마를 생각하며 버틴 세월이었다. 그런 엄마가 안 계신 세상은 상상조차 할 수 없었다.

수술 후 1년여가 지난 뒤 다시 계속되는 심한 소화불량으로 암이 재발되었다는 사실을 알게 되었다. 이미 전혀 손을 쓸 수 없는 지경이라고 했다. 그로부터 6개월 가까이 엄마는 자신의 병이 무엇인지도 모른 채 아무런 마음의 준비도 하지 못하고 고통 속에서 사위어가다 결국 먼 곳으로 떠나 가셨다. 그토록 사랑하던 우리 사 남매를 남겨놓고. 나는 지금도 후회스럽다. 당신 삶을 정리할 기회도 갖지 못한 채 그렇게 떠나가시게 한 게 너무나 커다란 잘못이라는 생각을 두고두고 지울 수가 없다.

그러나 하회를 다녀온 일은 얼마나 다행이었는지 모른다. 평생 자식들만을 바라보며 헌신하셨던 엄마의 탯자리, 나의 탯자리이기도 한 하회에서의 이틀 밤은 엄마와 우리들을 이어주는 또 하나의 끈이 되어 그곳에, 그리고 우리 곁에 영원히 자리 잡고 있으므로.

김계영

두물머리의 가을

누군가를 기다리는 곳
두물머리에
가을 물이 가득 찼습니다

늦게 핀 백련꽃 만나러
소슬바람이 가만히 다녀가도
기다림만이 할 일인 듯
메밀꽃무리 흐드러졌습니다

전설을 담은
느티나무 고목이 버티어 서서
잔주름 세월을 물 위에 드리우고
버들잎은 햇살이 무거워
고개를 떨구었습니다

나룻배 한 척이
황포 돛을 올린 채
내가 먼저 저 강 건너지 않아도
애태우는 일은 없을 거라며
슬픔의 깊이를
저 혼자 헤아려 보기만 합니다

가을 정물화로 떠 있는 거기

허공에 뜬 달

미국 미시건주 호숫가 오빠네 집 뜰
우듬지 환한 쪽에서
새들 지저귀는 소리 아침을 여는데
나는 허공에 뜬 허연 달을 보고도
기지개를 켜기가 힘이 든다

남부의 작은 마을 메디슨에는
두 팔 벌리고도 안을 수 없는 큰 나무들이
붉은 벽돌로 튼튼히 쌓은 옛날 학교 마당에 무성하다
방금 결혼식을 치렀는지
나무둥지에 장식되어 있는 연분홍 리본이
손님을 부르듯이 살랑거리는데
나는 눈이 흐린 약골로
여름 내내 돌아다니면서 졸고만 있고

오케스트라 깨어진 소리 같던 매미 소리가
우거진 초록나무 가지 어디에서도
통 들리질 않는다

내가 살던 오래된 아파트 주변에선
땅속 깊이 뿌리 내린 고목나무에서
여름이면 새벽부터 울어대던 매미 소리가
쟁쟁하게 고여 온다

어쩌다 짜증이 났던 것도
익숙한 것들은
멀리서도 가끔 그리운 것인가
길들여지며 산다는 것이
저녁 호숫가 노을처럼 익어가고 있다

사랑이 그리워

옥정호를 끼고 가다
산외수력발전소가 있던 모퉁이를 돌아가면
어머니 산소가 남향받이
한가로이 자리하고 있어요

엄마가 여기 계심으로 또 왔습니다
잘 왔다, 애야!

당신의 탯줄에서
이 몸을 맨 처음 떼어 놓고
웃음과 눈물 사이를 휘저어 다니다가
끝내 목숨에
매달리기를 하고 말았던 어머니

밤마다 불을 켜고
보고 싶다
애원해도 오지 않으시더니
맑은 눈동자를 반짝이며
검은 머리로 앉으시네요

지금 당신은
당신의 자리에 계시고
나는 나의 자리에서 마주 앉아 있어도

우리 모녀 사이
가슴팍 묻어둔 얘기가
강물로 흐르고 흐르네요

더도 말고 덜도 말고
황금색 들판 넓어진 때를 골라서
아직도 엄마 사랑 그리워 여기에 오면
앞 강물 소리는 더 높아지고
건조하던 내 몸은
가을 들꽃으로 피어나요

영원한 반란을 꿈꾼 자
—살바도르 달리의 작품전을 보다

살바도르 달리(1904~1989)란 초현실주의 화가의 환상적인 작품을 몇 년 전인가 예술의 전당에서 보았지만, 뜻밖에 미국 애틀랜타에서 다시 그의 작품들을 보는 기회를 얻었다. 달리미술관을 2011년에 플로리다 주에 새로 문을 열게 된다는데 그곳으로 작품이 가는 도중에 'Atlanta Musium' 에서 2010년 8월 7일부터 넉 달간 작품 전시를 열게 된 것이다. 나는 마침 미술관에서 가까운 거리에 살고 있는 딸네 집에 머물고 있던 터라 전시회가 시작하는 첫날 작품을 보러 갔다. 이곳에서는 서울에서 본 것과 다른 작품들이 있을 수도 있기에 벌써 마음이 즐거워졌다.

천재적인 명상을 하며 속내를 담아낸 많은 작품들의 세계에 공감을 하기도 하고, 그의 이미지를 이룬 자화상에 관심을 가져 보기도 하고, 폭넓은 지성과 이성에 숨을 죽여가며 많은 양의 그림을 찬찬히 살펴보았다. 도대체 한 인간의 주파수의 파장이 그렇게도 폭이 넓고 섬세할 수가 있는지 새삼 놀라웠다.

달리는 형이 죽은 후에 태어나서 같은 이름을 갖게 되었거니와 그의 아버지가 죽은 아들을 잊지 못해 그리워하다 어린 달리에게는 충분한 사랑을 주지 않은 점이 화가로서 특이하고 괴이한 그림을 그리게 된 동기가 된 것 같았다. 어떤 그림은 푸른 빛깔이 주를 이룬 것이었는데, 좀 이상한 행동을 하더라도 이해해 주길 바라는 것처럼 화폭에 흩어져 있는 물건들이 어린애의 칭얼거림으로 보였다. 자신이 어려서 놀았던 곳, 고향인 스페인 카다퀘스 바닷가에서의 회상을 비합리적이지만 현실적으로 그린 그림이 있었다. 해변에서 옷을 벗은 귀여운 소녀가 잠자고 있는 개를 덮고 있는 바닷물을 한쪽 끝에서부터 끌어올린다는 발상이 귀엽기도 하고 재미도 있었다. 달리는 자신을 그림 속의 천진난만한 소녀라고 믿었던 것일까.

작년에 서울에서 보았던 영화 〈리틀 애쉬〉가 생각났다. 부제는 '살바도르 달리가 사랑한 그림'이었다. 달리가 청년 시절, 마드리드 미술학교에 다니면서 스스로를 '천재'라 부르며 유명한 시인이자 극작가였던 절친한 친구, 가르시아 로르카와 서로의 혼에 끌려 사랑하고 질투를 하는데, 그런 갈등과 애증을 그린 줄거리였다. '그에게도 말 못할 비밀이 있었다'라며 서로의 예술세계에 깊은 영향을 주면서 동성애로 고민하다 결국 파시즘에 반대하여 죽게 된 로르카와 괴팍한 무정부주의자인 달리가 각자 다른 길을 간다는 내용이었다.

영화 속 그의 희고 차가운 얼굴은 실제 모습과 흡사하게 배우 로버트 패틴슨이 분장을 한 것이라고 한다. 달빛이 아름답게 비치는 바다에서 두 남자가 헤엄치는 멋진 장면이 떠오른다. 실제로 달리는 로르카가 죽은 후로 전혀 그에 대해 말이 없다가 중년이 넘어서야 젊은 날의 우정에 대해 한 인터뷰에서 "그가 동성애자이며 자신이 두 차례 유혹을 받았고 그때 무척 기분 나쁜 적이 있다."고 짧게 언급을 했다고 한다.

그림에 심취하면서 우정을 나누는 모임에 참석하던 중, 1929년 첫 만남을 갖게 된 여인이 있었다. 시인 폴 엘뤼아르의 부인이었던 러시아 여인 갈라였다. 십 년 연상의 갈라는 그 후로 평생을 숙명적이며 정신적인 지주가 되었다고 한다. 달리는 그녀에게서 태아의 아늑한 꿈 같은 요람의 세계를 느꼈단다. 정말 많은 그림 속에 그녀는 자리하고 있었다. 나신으로 아름다운 모습이기도 하고, 때로는 등을 돌린 채로 신화에 나오는 여신이나 요정처럼 그려지기도 하고, 유럽 귀부인의 모습으로 화폭을 채우기도 하고, 어떤 그림에서는 현대적인 아이콘으로 등장하기도 하였다. 대부분의 작품에 영감을 준 뮤즈였음이 틀림없다는 생각이 들었다.

달리는 그림만 그리고 나머지 일처리는 부인인 갈라가 다 하였다고 한다. 어느 때는 그림값을 먼저 받은 후에 계약일에 맞춰서 그림을 완성해야 했기에 갈라는 남편인 달리를 화실에 들어가 나오지 못하게 밖에서 문을 잠궈 두기도 했다는 말을 듣고는 잠깐 쓴웃음이 나오기도 하였다. 갈라의 전 남편이었던 폴 엘뤼아르는 아내를 잃고 20년 동안이나 못잊어 하며 다시 돌아오기만을 기다리다가 숨을 거두었다는데 그의 죽음을 달리가 애도하였다 한다. 달리는 자기보다 먼저 세상을 떠난 갈라의 지하무덤 곁에서 7년이나 칩거하다가 죽었다고 하니 '리가트항의 마돈나' 란 그림의 성녀처럼 아름다운 아내를 너무도 사랑하면 그렇게도 되는구나 싶었다.

자신을 '세계의 배꼽' 이라고 말했다는 달리. 길게 옆으로 꼬아올린 수염을 한 그의 얼굴은 오만해 보이기도 하지만, 한편으론 우스꽝스러워 보이기까지 하였다. 그가 '정말 천국이고 성스러운 곳' 이었다는 어머니의 뱃속에서 보고 겪었던 것을 추억하면서 자신의 이미지를 이룬 속살을 석회질이라며 자화상으로 표현했다는 것이다. '자화상' 이란 그림에서는 흐물거리는 얼굴 위에 수염을 그려서 환상적인 표현을 하였다.

'천재의 일기' 에서는 자신을 '미치광이인 체하며 피타고라스적 정확성을 갖춘 인간'이라고 썼단다. 그래서인가, 아니면 그렇게도 만나길 바라며 찾아갔다던 심리학자 프로이트의 영향을 받아서일까. 의식 세계와 무의식 세계, 내적 세계와 외적 세계를 무너뜨리거나 서로 혼합하기도 하여 그린 여러 대작의 그림 속에서 현실과 비현실을 느껴 보기도 하였다.

'기억의 고집'이란 그림을 보면서는 숫자는 빠져나가고 도형이랑 시계가 흘러내리는 모양이 이질적으로 보이면서도 어딘지 모르게 세상의 많은 부분은 유연함이 딱딱함을 무너뜨리는 것처럼 느껴졌다. 커다란 꽃 한 송이가 공중에 부웅 떠 있는 채로 신비로움 가득히 화폭 위에 그려져 있기도 하여 그의 명상과 행위를 쫓아가느라 감상하는 내내 나의 기억들까지 합리와 비합리를 오락가락하였다.

황금색이 주조를 이룬 바탕에 시간의 흐름에 따라 변하는 나르시스의 모습을 그린 것도 인상적이었고, '최후의 만찬'이란 종교화에서는 예수를 팔아넘긴 유다를 유일하게 노란 옷을 입은 사람으로 그려서 고개를 더 푹 숙이게 하였는데, 우리와 같은 나약한 인간의 모습을 보여준 것이라고 짐작을 했다. 그림을 생각하다가 위태한 모습을 하고 낮잠을 잘 잤다고 하는 그는 무슨 꿈을 꾸면서 생활을 했을까.

38세에 회고록을 먼저 썼다는데 그 다음에 쓴 내용을 살아가는 것이 더 지적인 것으로 생각하였다고 한다. 그러면서 "산다는 것! 그것을 위해서는 인생의 반을 다 청산할 줄 알아야 한다."고 말했단다. 걷잡을 수 없는 열정과 재치 있는 유머로 가득 찬 생애를 살았던 달리는 초현실적인 그림처럼 아마 초현실적으로도 살다 간 것은 아닌지.

그는 1940년에 미국에 귀화하여 왕성한 작품 활동을 하였다. 영화, 조각, 사진에까지 영역을 넓혔다. 소설을 쓰기도 하고 대본을 쓰고 백화점 디스플레이를 하고, 가구를 디자인하고 보석 세공을 하기도 했다.

‘안달루시아의 개’, ‘황금시대’란 영화를 제작하는데 참여하기도 했다는데, 잉그리드버그만, 록허드슨, 소프라노 마리아칼라스, 과학자인 아인슈타인과 교유를 했으며, 로마 교황청에 가서 교황을 알현하기도 하였다는 기록이 사진으로 많이 전시되어 있었다.

그가 만든 빨간 입술 모양의 의자는 색다르고 예쁘기도 하여서 나도 서울에서 전시했던 그의 작품(모조품이지만)에 앉아 찍은 사진이 있는데, 그가 직접 아프로디테의 코와 입술 모양이라며 디자인을 하였다는 몽환적인 향수병으로 대중에게 선을 보여서 친근함이 느껴지기도 했다. 나는 오래전에 딸이 어버이날 선물로 바로 이 입술 모양의 살바도르 달리 향수를 선물로 사 와서 기뻤던 적이 있었다. 다 쓰고도 예쁜 디자인 때문에 향수병을 버리지 못했다. 손과 불가사리 모양의 깜찍한 브로치도 전시가 되어 있어 그의 다양한 작품들을 눈여겨보는 즐거운 시간이었다.

얼마 전에 3D영화가 극장가를 휩쓸기도 했는데, 달리전에서 재미있는 것으로 특수안경을 써야만 감상을 할 수 있는 그림들이 있었다. 몇 사람씩 순서대로 검은색의 안경을 쓰고 보는데 다들 감탄을 하는 것이다. 달리가 이미 섬세한 그림 솜씨로 3D영화 같은 입체 그림을 남긴 것이었다.

달리는 살아서 영화를 누린 몇 안 되는 예술가 중 한 사람이었다. 가장 비합리적이며 가장 신비스러운 나라 고국 스페인을 떠나, 가장 지성이 풍부하고 합리적이라고 말한 프랑스를 거쳐 미국으로 가서 살기까지 수많은 작품들을 남겼다.

그는 밤같이 어두운 세계를 밝은 양광에 드러내 보이는 독특한 사실주의를 표방하기도 하였고, 이상하고 비현실적인 것들을 현실적으로 그리기도 하였다. 르네상스의 고전주의로 회귀하려는 때도 있었으며, 원자과학이나 가톨릭의 신비성을 그림으로 표현하기도 하였다. 마침내 미국에서는 합리와 비합리를 변증법적으로 통합하기에 이르렀다고 한다.

초현실주의란 우리가 꿈을 꾸어도 가질 수 없는 무엇, 아니면 꿈을 꾸지 않아도 누릴 수 있는 자기만의 자유가 아닐까. '잠', '나르시스의 변모', '기억의 고집' 같은 그의 그림 제목들에서 시적인 이미지를 떠올려보기도 하면서 뜨거운 여름날, 나른한 마법에 빠져 보기도 하였다. 살바도르 달리! 그는 나와 같은 지구에 살면서 우리가 사는 현실의 평범함을 무너뜨리고 무엇에 대해 아주 달리 꿈꾸며 영원한 반란을 일으키다 많은 작품들을 이 세상에 남기고 떠나간 위대한 예술가였다.

미술관을 나올 때 달리처럼 콧수염을 기른 뚱뚱한 미국인이 특유의 몸짓을 하면서 엘리베이터 앞에서 친절하게 인사를 하는 모습도 재미있었다.

김세영

- 블랙커피를 마시며
- 바닥에 닿아야
- 파블로프의 식탁

〈산문〉
- 바간의 탑

블랙커피를 마시며

나의 모닝커피에는
설탕을 타지 않는다

날마다 마시는 세상의 물은
담즙보다 더 쓰지 않더냐?

혀의 유두를 소태껍질로 문질러야
개미핥기의 혀가 개미탑을 파헤치듯이
세상의 혓바닥에서 단맛 알갱이를 캘 수 있지 않겠느냐?

나의 이브닝커피에는
프림을 타지 않는다

저물녘 숲속의 나무들 틈 사이는
인도 흑단보다 더 어둡고 촘촘하지 않더냐?

덤불 속 땅굴로 들어가는 뱀
갈퀴 혀처럼 어둠에 익숙해야
저녁 숲길을 두려움 없이 혼자 갈 수 있지 않겠느냐?

눈도 뜨지 못하는 사슴 새끼가
어미 가슴의 젖꼭지를 찾듯이
그대의 캄캄한 입속에서
사탕무 뿌리를 캐기 위함이다.

바닥에 닿아야

눈물도 허공에서는
추락하는 빗물이다
볼을 타고 흘러
손바닥을 적셔야
비로소 눈물이 된다

번지점프를 하듯
자궁에서 뛰어내릴 때도
허공에서는 울지 않았다
손바닥에 닿아야, 비로소
첫 울음보를 터뜨리며
강보를 적셨다

수많은 발자국에 패인
길바닥 구덩이에 고여
철버덕거리며 걷는
바짓가랑이를 적시면
빗물도 눈물이 된다

토굴을 파던 앞발이
토담을 쌓는 손이 되었던
직립원인의 기적도
가슴 털을 적시는 눈물을 닦으려는
수십만 년 된 기원이었다

자궁 속 흙바닥에
굽은 등뼈가 닿아야
몸속 깊은 곳, 마지막 눈물방울을
수의의 옷깃으로 닦고
잉카의 미이라처럼
보송보송한 잠을 품을 수 있다.

파블로프의 식탁

도톰한 입술을 상추에 싸서 먹을 때처럼
입을 짜악 벌려서 식탁 위에 올려놓았다
목젖에다 소시지를 달아놓으니 영락없는 쥐틀이었다
그녀의 흰쥐가 살금살금 들어와서 미끼를 덥석 물었다
철커덕 쥐틀의 문이 닫혔다
겁을 먹고 웅크린 등을 혀로 애무해 주었다
비명 소리가 간지러운 웃음소리로 바뀐 후에야 방면해 주었다

황소개구리처럼 벌린 입을 식탁에 올려놓고
올챙이 한 마리를 목젖에 달아놓았다
그녀의 물뱀이 둥지 속의 알을 훔치듯이
와락 달려들어 삼켜 버렸다
불룩해진 몸을 혓바닥 위에서 똬리 틀고
나의 입천장을 구석구석 핥았다
간지럼을 참지 못하고 접시 위에 울컥 뱉어놓았다

사냥에 지친 상어처럼 아무 미끼도 매달지 않고
전쟁이 끝난 노르망디 해안 같은 입을 식탁에 올려놓았다
시드니의, 텅 빈 오페라 하우스 같았다
그녀의 유령이 적막에 허기진 바람처럼 들어와
목젖을 잡고 허겁지겁 숟가락질하듯 흔들었다

나의 목젖이 경련하며 피리 소리를 내었다
그녀의 목줄 속의 떨판이 공명을 시작했다
마술피리의, 밤의 여왕처럼
천상의 새처럼, 그녀가 아리아를 불렀다
식탁 위의 흰쥐가 등을 곧추세워 탭댄스를 추고
접시 위의 물뱀이 긴 배를 드러내고 밸리댄스를 추었다
이승에서의 최후의 만찬일지라도 좋았다.

바간의 탑

　미얀마 양곤 인근지역에서 의료봉사를 한 후, 캄보디아 앙코르 와트와 인도네시아 보르보드르와 함께 불교 3대 유적지의 하나인 바간에 갔다. 양곤에서 비행기로 한 시간 반 거리에 있는, 이라와디강 동쪽 중부 고원지대의 천년 고도이다. 아노라타 왕에 의해 건설된 고대 미얀마의 수도로, 중국과 인도를 잇는 교통의 요지였다. 1287년 원나라 쿠빌라이 칸의 침입으로 2세기 동안 누렸던 화려했던 불교문화 시대를 마감하게 되었다. 바간 왕조의 황금기였던 11세기에 수많은 불탑들이 건설되었는데, 오늘날까지 4000여 기가 세워졌다. 1975년 지진 이후 많은 불탑들이 훼손되어 현재는 2500기 정도가 남아 있다.

　1057년 아노라타 왕이 전국을 통일하고 건립한 쉐산도 파고다는 일몰시 풍경이 기막힌 곳으로 유명하다. 철책이 가설된 외부의 계단을 따라 십 분 정도 힘겹게 계단을 올라 상층부에 도달하면 바람이 이마의 땀을 훔쳐 준다. 사방에 수많은 크고 작은 사원과 탑들이 장엄한 전경을 펼쳐 보인다. 큰 사원은 10층 이상 높이의 거대한 빌딩만 하고 작은 탑은 2층 정도 높이의 조그만 가옥만 하다. 거대한 사원은 통일 왕조의 강력한 권력의 상징물이다. 바간의 탑들은 '페야 준' 이라고 부르는 전쟁 포로 노예들의 노역으로 지었다. 그들은 평생 탑만 만들다가 죽었다고 한다.

불교 경전을 빌려 달라는 아노라타 왕의 청을 거절하다 전쟁에 패하여, 포로가 되어 남파야 사원에 갇혀 산, 타툰 왕국의 마누하 왕의 회한의 한숨 소리가 사원의 천장에서 울리는 것 같았다. 부처의 자비를 기리는 찬란한 사원 바닥 밑에 고통과 죽음이 묻혀 있다는 것은 양면성의 존재인 인간의 비극적 아이러니이다. 화려했던 황금탑의 사원도 천년 세월이 지난 이제는 뼈만 남은 귀신고래의 화석 같았다. 탑은 인간의 원초적 욕망의 종교적 소망으로의 승화라고 생각되었다.

문득 시상의 한 토막이 떠올라서 수첩에 적었다가 귀국해서 시 한 편을 완성했다.

바간*의 탑

붉은 언덕 위에
가부좌하고 앉는다

천년을 허기진 바람의 혀가
육즙을 빨아먹고 근막을 헤치고
척추까지 파고든다
바람의 이빨이
횡돌기와 극돌기 사이 살점을 뜯어먹어
육탈한 26층 골탑이 된다

천년을 수유하며 야윈 이라와디*
하상(河床)의 까칠한 허벅지가 드러나고
강변의 갈비뼈가 앙상하다
건기(乾期)의 타사데사*여인처럼
수척한 팔로 나의 머리를 감싼다

영원의 갈증,
낡은 가죽 주머니 젖가슴을
보채는 나의 입에 물린다
혓바닥 위의 마른 울음이
모래처럼 쏟아진다

수십만 번 절하며 바스러진
탑신(塔身)의 뼛가루,
싸락눈처럼 바람에 흩날린다
천년을 닳고 바랜
바간의 탑, 누빈 그림자가
검붉은 언덕 위에
와불(臥佛)로 넘어진다

떨어져나간 두개골을
빈 깡통처럼 바람이 차고 간다.

* 바간 : 미얀마 중부 고원지대에 있는 고대 왕국의 수도로서, 많은 불탑들이 훼손되었지만 현재도 2500기 정도가 남아 있다.
* 이라와디 : 미얀마의 중앙을 흐르는 미얀마 최대의 강으로서, 티베트에서 발원하여, 바간을 감싸안고 흘러서 안다만 해로 흘러든다.
* 타사데사 : 바간의 옛 이름의 하나, 건조한 땅이라는 뜻이다.

허망하고 비극적인 인간사를 실증적으로 보여 주는 곳이 담마양지 사원이다. 패륜의 왕인 나라뚜 왕이 자신의 죄를 참회하기 위하여 1171년에 지은 곳이다. 왕권이 탐이 났던 나라뚜 왕이 부왕을 쉐구지 사원에서 살해하고, 동생과 아내까지도 죽이고서 왕이 되었다. 잔인한 성품의 왕은 결국 3년 뒤 자객의 칼에 죽임을 당하고 만다. 사원의 한구석에는, 팔 하나 들어갈 홈이 파인 바위가 있었다. 쌓은 벽돌과 벽돌 사이 틈이 있으면, 그 노예와 담당 관리자의 팔을 자르는 형틀이었다. 사원 내에는 박쥐도 살고 있다고 하니, 유령의 사원이라는 별칭답게 음산함이 느껴졌다. 회랑을 걸어가는데, 한 미국인이 "노스페이스, 굿!" 하며 손가락으로 자기 모자를 가리키며 인사를 했다. 같은 상표의 모자를 쓰고 있어서 반갑다고 하였다. 낯선 곳에서는 조금만 유사성이 있으면 쉽게 친밀감을 느끼게 되는 것 같다. 그래서 웃으며 악수하고 기념 스냅 사진도 한 컷 찍었다. 인간의 슬픔은 인간만이 위로할 수 있다는 듯이 우리의 웃음소리가 어둡고 무거운 사원의 공기를 잠시 흔들었다.

김영호

나무 1

문 밖의 사과나무
세찬 비바람에 흔들리고 있다.
흔들, 흔들리면서 나무는
작은 사과알들을 꼭 끌어안고 있다.
흔들리면서 그는
우주를 품고 있다.

휘청거리면서 나무는
나를 품고 있다.

휘청거리면서 그는
그의 신을 꼭 끌어안고 있다.

나무 2

나무는 그의 피가 바닷물이다.
잎사귀에서 파도 소리 출렁인다.
파도 소리는 나무의 사랑의 노래다.
사랑만이 유일한 신앙이라는 나무의 파도 소리,
사랑하라는 신의 음성이다.
사랑하라는 우주의 음성이다.

나무는 파도 소리로 나의 귓속의 신음에 신을 초대한다.
나의 영혼의 핏줄에 불을 댕긴다.
나무는 나를 다시 창조하는 신이다.

나무 3

나무 몸속에 나를 키우는 태양이 있다.
그를 바라보면 나의 피가 따뜻해진다.
한 잎 잎사귀 안에 달이 있고 별이 있다.
내 영혼의 밤길이 밝아진다.
내 몸 안의 우주가 울음을 그친다.

나무 몸 안에도 비가 내리고 눈발이 날린다.
황야가 있고 사막이 있다.
폭탄이 있고 용암이 끓는다.
독수리가 날고 있다.
나무 앞에서 나의 우주가 무릎을 꿇는다.

잠 못 이루는 밤―시애틀

영화 〈잠 못 이루는 밤〉의 배경장소인 미국 워싱톤주의 시애틀은 그 나라에서 살기 좋은 도시로 매년 1위에 오르는 관광의 명소이다. 시애틀이 살기 좋은 이유는 여러 가지 조건을 갖고 있기 때문이다. 그중 필자의 관심을 끄는 것은 교육의 도시라는 점이다. 이 도시의 시민의 지적 수준이 높아 그 자녀들의 학업 능력이 자연적으로 높아 미국 명문대 특히 동부의 아이비리그 대학들에 입학률이 매우 높다. 시민들의 지적 수준이 높은 이유는 이곳에 있는 직장들이 마이크로 소프트사, 구글사, 아마존사 같은 IT산업들이 많고 보잉 항공기 회사가 있어 그들 직장에 근무하는 자들의 전문성에 있다. 이곳의 시민들의 독서량은 일인당 월 7권으로 미국뿐만 아니라 세계에서 가장 높다고 한다.

그러나 이 교육의 도시인 시애틀을 필자가 자주 여행하는 이유는 자연경관의 아름다움에 있다. 캐나다에서 시작되는 로키산맥의 줄기가 이곳을 거쳐 서남쪽 콜로라도주까지 뻗쳐 있는데 사방으로 높은 산들이 만년설에 덮혀 있어 그 풍광이 아름답고 태평양 바닷물이 도시 복판까지 들어와 호수처럼 고운 빛을 발산하고 있다. 산과 물이 풍부한 이유는 비가 자주 내리는 기후 때문이다. 일 년에 6개월 정도 우기로 비가 많아 나무들이 잘 자라 그 크기가 거대하고 사철 녹음이 짙어 인디

언들이 가장 많이 거주하고 있을 만큼 태고 적 자연을 보인다. 필자는 10년째 매년 이곳에 여행을 하고 교환교수로 두 해를 보내기도 했다.

1999년 처음으로 시애틀에 가서 바라본 하늘은 어릴 적 고향(충북 청주)에서 나의 가슴을 물들였던 그 푸른 시냇물빛을 보이고 있었다. 그리고 곧 시심을 불러일으켜 주어 작품 하나를 건지게 했다.

시애틀의 하늘

그지없이 맑고 푸른 하늘에
낮달이 이조백자로 떠 있네.
그 백자 속에 청주가 가득하네
모든 세상사 손을 놓고
저 하늘술만으로 평생 취하고 싶네.
저 맑은 이조의 술 향기가
온전히 내 속을 물들이기 위해선
몸에 쓴 모든 연애편지 다 지우고
가슴이 새 백지 한 장이 될 일이네.
하여, 내 몸속에 신음 소리를 산새의 악보로 그리고
물고기의 무곡으로 만들 일이네.
하여, 상처 깊은 사람들,
몸이 아파 울지도 못하는 자들,
나의 몸에 핀 시를 읽고
나의 몸에서 새 풀잎이 돋게 하고
그들 눈썹에서 사과꽃이 피게 할 일이네.
가슴이 울어 잠들지 못하는 자,
그의 귀 끝에 패랭이꽃이 피게 할 일이네.

그지없이 푸른 하늘에 흰 낮달은 고향의 이조백자를 상기시켰고 그

속의 술에 취하는 감응을 향유케 했다. 당시 필자는 이명으로 큰 고통을 앓고 있었는데 그 병을 치유하는 그 달빛 술은 다른 아픈 사람을 위로하고 치료하는 매개체로 전이되어 형상화되었다. 이국의 하늘에서 고향의 달을 만나는 기쁨을 노래한 것이다. 그리고 이 시애틀 도시의 거리를 거닐면서 사람들을 만나고 대화를 하면서 서두르지 않고 느릿느릿 걷고 말하는 모습에서 동양의 노자 후예 같은 인상을 받아 또 한 편의 〈시애틀의 노자들〉이란 시를 건지게 되었다.

시애틀은 비가 많이 내리는 곳이다. 가랑비가 10월부터 그 다음해 5월까지 내리어 하늘은 늘 흐리고 마을은 어둡다. 그러나 사람들은 우산을 쓰고 다니지 않는다. 가랑비이기 때문이기도 하고 비는 늘 내리니 두터운 옷에 그냥 맞고 다닌다. 바닷바람이 불어 그 빗물기를 말리어 주어 축축하고 눅눅한 축기가 없다. 항상 상쾌한 기분이다. 비가 친구이고 애인이다. 나도 우산을 접고 비를 맞으며 거리를 걸어 보니 기분이 좋았다. 2002년 겨울엔 54일을 계속해서 비가 내려 기록을 세웠다고 한다. 마침 큰아들이 시애틀 서쪽 알카이 해변에 거주하여 매일 바닷가를 비를 맞으며 산책을 즐기었고 2006년부터는 머킬테오시의 해안과 하버 포인트 동네를 거닐었다. 물론 〈하버 포인트의 비〉라는 시를 얻을 수 있었다.

시애틀은 이미 언급했듯이 태산준령으로 둘러싸였으며 거대한 눈산들로 시내에서 바라보는 그 풍경은 히말라야봉 같은 모습들이다. 그중 가장 큰 산은 레인니어산(Mt. Rainier)으로 일 년 내내 백설에 덮혀 성자 같은 형상으로 서 있다. 그 산 정상은 전문적인 알피니스트만이 오를 수 있는 높은 준령이고 대개가 그 3부 능선의 산문 앞에까지 가 그 웅

대함을 관망하고 내려온다. 필자 역시 산중턱에서 그 설산을 구경하고 〈레인니어산〉이란 시 한 수를 얻고 내려왔다.

이 시대의 어둠을 불사르는 또 하나의 거산이 있으니 그 화산으로 유명해진 성산 헬렌(Mt.St. Helen)이다. 시애틀에서 세 시간 거리의 남쪽에 위치한 이 산은 1980년 화산이 일어나 수천만 평의 숲을 태우고 많은 인명을 앗아간 산이다. 화산 이후 거의 큰 나무들은 검게 탄 기둥만으로 서 있으나 새로 자라난 잡목과 풀잎들이 파랗게 새로운 카펫을 깔아 놓은 듯했다. 필자는 산 정상을 볼 수 있는 휴게소까지 올라가 뜻하지 않게 많은 산꽃들을 만나는 행운과 〈세인트 헬렌산〉이란 시를 얻었다.

민주와 자유를 위한 투사로서의 이미지를 보인 헬렌산은 1980년 광주 민주화운동을 상기시켜 위의 작품을 쓰게 되었다.

시애틀은 바다가 품어 주고 있는 여인 같은 도시이다. 바다를 야야기하지 않고는 시애틀을 다 말할 수 없다. 지난해 정초에 겨울 해안을 거닐다 바닷물과 폭풍의 격렬한 싸움을 목격하고 폭풍을 이기고 한 마리 바다 독수리로 승천하는 바다의 위용을 보면서 〈바다의 날개〉라는 한 작품을 낚았다.

바다의 날개

서풍은 불의 천사,
화살 같은 머리로 바다의 심장을 폭파하고
시퍼런 이빨로 바다의 온몸을 물어뜯으니
바다는 불피를 쏟으며 지구를 흔드는 소리로 운다.
바다도 온몸에 가시를 돋우어

바람의 앞가슴을 찌르고 목을 비틀며 혈투를 벌인다.
서풍과 바다의 포연이 자욱한 싸움터, 검푸른 피가 출렁거리고
불길에 탄 살 냄새가 코를 찌른다.
마침내 쇄골뼈가 부러진 바람이 피를 다 쏟고
가시뿐인 바다의 등위로 시체처럼 누울 때
순간 한 마리 바다독수리, 그 불피의 전장을 박차고 올라
하늘의 먹구름을 찢으니
어린양을 품에 안은 태양이 걸어 내려온다.

　　바다독수리의 형상으로 변환하여 시현해 보이고 있었다. 바로 고난을
극복하는 바다의 강한 정신성이 새해 새날에 나의 가슴과 머리의 중심
으로 들어와 나의 잠든 영혼을 깨웠던 것이다. 바로 이 깨달음으로 지
상에만 향한 나의 이성이 한 마리 독수리처럼 천궁으로 들림을 받는 초
월적 여행을 체험한 것이다. 이 같은 초월적 여행은 시애틀에 별이 있
기 때문이다. 잠을 못 이루고 이 여행을 하게 하는 별은 나의 어머니요
애인이며 아내이고 누님이며 천사요 여동생이다. 그러기에 시애틀은
보헤미안인 나의 에덴동산이요 새 몸과 영혼의 피안이 되어 숙면과 풍
요한 꿈을 제공하고 영적 순례의 시인으로 강복한다.

김인육

- 올인
- 후레자식
- 개 같은 날에 대한 보고서

〈산문〉
- 달동네를 추억하며

올인
—money

그녀는 내 밥이었다
이 세상의 처음에서부터
그녀는
내 것이었다, 내 먹이였다
단 한 번도 거역하지 않은 착한 밥
보시바라밀이었다
내가 철없이 세상으로 달려나가다
허방에 거꾸러져 신음할 때
나를 안고서
나보다 더 많이, 더 오래, 울었던 것도 그녀였다

밥이 아닐 땐 돈이었다
나의 영원한 호구, 돈주머니였다
그녀를 팔아 대학을 다녔고
그녀를 쥐어짜서 아파트를 장만했다
그러는 동안, 세상은 그녀를
아주—머니라 부르기도 했고
할—머니라 명명하기도 했지만
나는 내 식대로 내 멋대로
어, 머니!
오, money!
호기롭게 불러 제꼈다

이제는 오래되어, 먹지 않는 밥
낡고 해어진, 몹쓸 주머니
백발치매의 병주머니 우리 엄마
가엾은 내 밥!
어ー머니!

후레자식

고향집에서 더는 홀로 살지 못하게 된
여든셋, 치매 앓는 노모를
집 가까운 요양원으로 보낸다

시설도 좋고, 친구들도 많고
거기가 외려 어머니 치료에도 도움이 돼요

1년도 못가 두 손 든 아내는
빛 좋은 개살구들을 골라
여기저기 때깔 좋게 늘어놓는다, 실은
늙은이 냄새, 오줌 지린내가 역겨워서고
외며느리 병수발이 넌덜머리가 나서인데
버럭 고함을 질러 보긴 하였지만, 나 역시 별수 없어
끝내 어머닐 적소(適所)로 등 떠민다

애비야, 집에 가서 같이 살면 안 되나?
어머니, 이곳이 집보다 더 좋은 곳이에요
나는 껍질도 안 깐 거짓말을 어머니에게 생으로 먹이고는
언젠가 나까지 내다 버릴지 모를
두려운 가족의 품속으로 허겁지겁 돌아온다

고려장이 별 거냐
제 자식 지척에 두고 늙고 병든 것끼리 쓸리어
못 죽고 사는 내 신세가 고려장이지

어머니의 정신 맑은 몇 가닥 말씀에, 폐부를 찔린 나는
병든 개처럼 허정거리며

21세기 막된 고려인의 집으로 돌아온다
천하에 몹쓸, 후레자식이 되어
퉤퉤, 돼먹지 못한 개살구가 되어

개 같은 날에 대한 보고서

솜털 보송보송한 아홉 살 적,
하굣길에 흘레붙은 개들을 보았다
땡볕 대낮에 똥개 연놈이
서로의 튼실한 엉덩이를 맞대고 목하 열애 중이었다
서로의 몸과 몸을 관통한
붉고 뜨거운 기둥을 공유한 채
한통속이 되어 헐떡이며 불타고 있었다
그 거리낌 없는 사랑의 합체가
어린 내 심장을 사정없이 쿵쾅쿵쾅 쑤셔 박았다
민망함이었을까, 시샘과 질투였을까
나는 돌멩이를 집어 연놈에게 던졌다
따악, 놈의 마빡에 돌멩이가 정통으로 꽂혔다
한심하다는 듯
년·놈은 잠깐 나를 쳐다보았을 뿐
붉고 뜨거운 기둥 더욱 단단히 서로를 꿴 채
암수한몸의 비경 끝내 풀지 않았다

오오, 놀라워라
붉고 황홀한 저 깊은 결속의 뿌리여!
오오, 위대하여라
내 것과 네 것이 하나 되는 저 뜨거운 합체여!

어느덧, 세상 눈치 살피는 중년의 세월
문득 '개 같은 영혼'이 그립다
개 같은,
이 세상 가장 뜨겁고 아름다운 어울림에 대하여
너와 나 섞이어 더욱 견고해지는 하나 됨에 대하여
애꿎은 돌멩이에 철철 피 흘릴지라도
철부지 돌팔매쯤이야 애당초 두렵지 않는
그 열혈의 자세, 그립다

사랑은
어디서든 누구 앞에서든 당당해야 한다는
그날의 가르침 한 수!

달동네를 추억하며

달은 가난한 사람들의 얼굴이다. 순하고 착하고 애잔하다. 가난한 도시의 마을들은 그래서 제 이름 속에 달을 하나씩 품고 있다. 하월곡동, 상월곡동, 신월동, 월영동, 반달마을, 달빛마을….

나는 어쩌다 달동네에서만 살게 되었다. 젊은 시절엔 마산의 월영동에서 살았고 20년 전 서울에 와서는 줄곧 신월동에서 살았다. 그러다 10년 전엔 부천의 반달마을로 와서 살았다. 달은 그렇게 내 곁을 떠나지 않았다. 달동네! 가난한 이들이 모여 사는 달의 마을을 나는 한 번도 벗어나지 못했다.

20년 전 신월동에는 지하에 사는 사람이 참 많았다. 연립주택은 물론이고 단독주택들도 지하에 방을 두고 있었다. 그리고 그곳에 한결같이 달빛 눈망울 가진 이들이 살고 있었다. 어둡고 우울한 지하의 방에는 사시사철 곰팡이 꽃이 피었고 장난기 많은 개구쟁이 아이처럼 바퀴벌레들이 잠든 이마를 기어올라 잠을 깨우곤 쏜살같이 어둠 속으로 사라지곤 했다. 안현미 시인의 「거짓말을 타전하다」는 그 달빛을 머금은 이들의 삶을, 나의 지난날까지도 잘도 대변한다.

―더듬이가 긴 곤충들과 아현동 산동네에서 살았다 고아는 아니었지만 고아 같았다 그렇게 꽃다운 청춘을 팔면서 살았다 꽃다운 청춘을 팔

면서도 슬프지 않았다 비키니 옷장 속에서 더듬이가 긴 곤충들이 출몰할 때도 말을 더듬었다 높은 빌딩으로 출근했지만 높은 건 내가 아니었다 높은 건 내가 아니라는 걸 깨닫는 데 꽃다운 청춘을 바쳤다 더듬이가 긴 곤충들은 나와 비슷했다 가족은 아니었지만 가족 같았다 가끔 70년대처럼 연탄가스 중독으로 죽고 싶었지만 더듬더듬 더듬이가 긴 곤충들이 내 이마를 더듬었다 우우, 우, 우 가족은 아니었지만 가족 같았다―

10여 년 전 신도시가 생겨나면서 나는 햇빛이 찾아들지 않던 신월동 지하세계를 떠나 부천시 중동의 반달마을로 이사하였다. 11평, 15평 임대아파트가 주를 이루었고 가장 큰 아파트가 23평이었다. 지하는 아니었지만 지하 같았다. 그곳에서 우리는 사랑을 하고 아이를 낳아 길렀다. 「서울에 사는 평강공주」처럼 밤마다 서로의 허물을 해진 사랑을 꿰매며 우리는 '…가끔…전기가…나가도…좋았…' 던 시절이었다.

불혹을 지나면서 나는 그곳에서 쫓겨나야 했다. 승용차가 생겼고 어느새 군데군데 흉한 살집이 내 몸 구석구석 불어났으므로, 그런 비대한 형상으로는 더 이상 달빛 눈망울을 지닌 그들의 마을에서 살 수가 없게 된 것이다. 아옹다옹 서로 몸을 비비고 살았던 가난한 임대아파트가 아닌, 넓고 큰 방들을 소유하게 되면서 아름다운 내 청춘의 시절도 그렇게 끝장이 나고 만 것이다.

김정임

우포

　서쪽 구릉을 따라 초경빛 하늘이 눕고 물풀들 동그랗게 모인다 지상
에 한 번도 내려온 적 없는 발들이 물의 하늘에 발꿈치를 보이며 떠 있
다 이곳에선 시간도 신기루처럼 허공 어디엔가 집을 짓다가 금방 사라
질 것 같다

　꿈의 한가운데를 걷는 것처럼 긴 꿈을 늘어뜨리며 물의 지층 사이를
돌아다녔다 가느다란 부리로 늪의 지도를 짚어 가는지 물속을 오래 들
여다보는 고니, 물의 동그라미 속에 깊고 검은 늪이 수없이 갈라졌다

　늪의 탄식이 부드럽게 내 귀에 흘러들었다 죽었어도 사라지지 못한,
마침표 찍을 수 없는 불가해한 생이라니 언제부턴가 늪은 입을 다물었
을까 무량겁의 무늬를 깔고 앉은 물의 나이테를 어떻게 읽을 것인가

　내게서 사라져 더 간절해진 것들이 사방에서 물억새처럼 나부낀다 감
은 눈으로 나를 들여다보는 늪, 이제 얇은 입술을 빌려 더 이상 슬픔을
말하지 않겠다

새 달이 뜰 때 당신이 마신 차는

초하루 새 달이 뜰 때 아마존 사람들은 사닝고 잎차를 마셨다 잎차에 깃든 숲의 정령이 몸의 고통을 쓸어간다 믿었다 달빛 아래 가만히 서 있으면 샤먼의 노랫가락에 실려 모습을 드러내는 사닝고 정령

마음이 병들면 뼛속까지 구멍이 생기고 틈새로 재앙이 들어온다 믿었다 원주민의 이마에 나뭇잎 모양의 푸른 손자국이 찍히고 오랫동안 그들을 괴롭히던 병이 사라졌다

마주 보고 있어도 당신에게 닿을 수 없어, 몸을 잃은 뒤에야 서로를 만질 수 있을까 생생한 통증을 낙타처럼 등에 지고 아무도 들을 수 없는 짐승의 울음소리를 혼자 듣는 저녁, 흔들리는 것들의 중심을 향해 하루가 저문다

먼 숲의 은백양나무 잎이 빠르게 출렁인다 주파수처럼 공중을 떠다니던 숲의 정령이 나무에 실려 내게 오나 무슨 일이 더 일어날 것인가, 주문처럼 펼쳐 보이는 '숨어 있는 자들'*의 언어, 수많은 기호를 숨긴 채 나를 부르고 있었지만 더 이상 운명에 대해 묻지 않았다

당신의 노래가 나를 타고 달의 흰 기둥 사이를 조용히 빠져나갔다

* 소설 우주뱀 DNA에서 인용.

책 바위

숲에서 여러 대를 거치는 동안
거센 비바람이 지층을 만들었나
서고의 책처럼 칸칸이 꽂힌 이끼와 곰팡이
그 축축한 그늘을 들추자 오래된 책 냄새가 났다
오래된 당신이 그렇게 만져졌다
가슴을 열면 펼쳐지는 알 수 없는 문장들,
한때는 숲이었으나 바위틈에 파묻힌 말들
너무 가까이 있어 당신에게 가는 이정표는 없다
오래 묵은 종이 냄새 자욱한 당신의 페이지
해독 못하는 문장들 틈새에서
돌멩이처럼 단단한 슬픔이 만져졌다
당신도 끝없이 절망하며 살았구나
지나간 시간이 길수록 메아리는 깊다
책 바위 그늘에는
시간의 틈새를 빠져나오는 긴 메아리가 있다

어머니와 나

　연휴가 시작되어 어머니 집에 왔다. 고속버스로 4시간 정도면 도착할 수 있는 시골집, 아버지와 할아버지 증조할아버지가 살았던 고향집이다. 과거의 공간과 현재의 공간이 중첩되어 있고 내 정신적 육체적 유전자를 물려받은 이곳, 그림자처럼 살았던 그들은 어디로 사라졌을까. 어머니, 할머니, 증조할머니의 성씨는 은씨, 나씨, 이씨… 등 다양했지만 여자들은 한결같이 김씨 성에 얹혀살다 갔다.

　어머니 나이는 아흔넷, 혼자 시골집에서 건강하게 생활하고 계신다. 건강하셔서 당신이 원하는 삶을 살고 계신다. 목욕, 머리손질, 장보기 손수 해결하신다. 장날 구십 노구를 이끌고 어머닌 유모차를 앞세우고 장을 다녀오셨을 것이다. 참기름 짜고, 갈치 몇 마리, 산나물 등을 유모차에 싣고 민들레가 가득 핀 들길을 걸어오셨을 것이다. 몇 번이나 들길에 앉아 쉬셨을까.

　내가 좋아하는 미역국에 갈치조림, 부추전 등을 내 앞으로 밀어 놓으며 물끄러미 먹는 모습을 바라보고 계신다. 나는 아직도 어머니의 어린 딸이다. 머리를 땋아 주고 하늘 색 접시치마를 만들어 주던 손은 닳고 닳아 희디흰 뼈가 드러나 보일 정도다.

　어머니의 손은 제사 때 사용했던 놋그릇을 닦았던 손이며, 옷과 이불을 눈부시게 삶아 풀을 먹이던 손이었으며, 사촌들까지 포함한 10명의 식구들을 먹이고 입혀 주셨던 손이다. 어둑해지자 옆집 대숲으로 새들이 모여들기 시작한다. 아무도 없는 어둠 속에서 바람이 쓸고 가는 댓잎 소리와 새소리를 들었을 어머니.

단단한 유전적 고리 속에 놓인 어머니와 나는 보이지 않는 끈으로 이어져 있어 수만 리 먼 거리에 떨어져 있어도 그 끈의 떨림을 서로 잘 알아차린다. 간혹 겪게 되는, 살점이 뜯기는 듯한 생의 아픔들, 어찌 어머니께 다 표현할 수 있겠는가. 내가 얼마나 더 아파야 하는지, 아직 빚진 게 많은 이승이다. 전화기 너머로 들리는 음성만으로 마음의 진동을 짚어 내신다. 아무런 설명 없이 다녀가라 하신다. 지구의 자기장 밖을 떠돌다 중력에 이끌리듯 돌아오는 어머니의 집. 어머니의 그늘은 푸르고 깊다.

물결무늬 다듬잇돌과 느티나무 방망이가 화석처럼 놓여 있다 먼 길을 걸어온 어머니의 숨 찬 다듬이소리가 물결무늬 속에서 들려온다 노래처럼 듣고 자랐던 다듬이소리는 돌아갈 수 없는 심연이기에 사각의 돌 밑 그늘이 더욱 깊고 어둡다

풀물이 든 이불을 덮고 자는 날은 내가 뒤척이는 쪽으로 나뭇잎들 사각사각 몸을 뒤집어 어디론가 끝없는 밤을 떠밀어 갔고 다듬이소리에 딸려 온 느티나무 영혼이 내 어린 잠 속에 누워 나란히 숨 쉬던 방, 오래지 않아 많은 일들이 느티나무 방을 스치듯 지나갔지만 천 개의 이파리가 맨발로 밀고 가던 푸르고 흰 밤은 다시 돌아오지 않았다

　—졸시 「느티나무 방」 부분

그때처럼 풀물 든 이불을 덮고 눕는다. 오랜만에 덮어 보는 풀 먹인 이불이다. 깨끗한 정성이 담긴 이불… 원피스, 면 스커트, 교복 카라, 간

호사 유니폼은 언제나 어머니가 먹인 풀물로 빳빳하게 부풀어 있었다. 아버지의 눈부시게 흰 모시적삼이 생각나기도 한다. 대숲에서 바람이 저희들끼리 모여 수런거린다. 사위는 너무 조용하다. 40여 가구가 사는 시골 동네는 젊은 사람들은 모두 도시로 떠나고 노인들의 마지막 삶의 터전이 되어가고 있다. 들고양이 울음소리와 바람 소리만이 적요한 공기를 가끔씩 뒤흔든다. 마을에서 어머니가 제일 큰 어른이 되셨다. 아재, 아주머니들은 모두 세상을 떠나시고… 묵묵히 서 있는 저 붉가시나무도 사실은 안간힘으로 버티는 중일 게다.

참쑥이 산길에 쑤욱쑤욱 자라있다. 아침에 도착한 언니와 산쑥을 캔다. 어머니가 산책 삼아 오가시던 산길, 목을 축이곤 하셨던 약수 샘물은 쳐 내는 사람이 없어 벌레와 낙엽과 흙이 넘쳐나고 있었다. 어머니가 손수 매어 놓은 그네가 저만치 보인다. 샘물에 목을 축이고 바람이 밀어주는 그네에 매달려 참나무 숲을 내려다봤을 어머니. 연둣빛 숲 속에 그네가 혼자 흔들린다. 모든 것은 끝을 향해 달리지만 자연의 신비는 여전히 아름답다.

어머니는 그동안 칼국수를 만들어 놓으셨다. 밀가루와 콩가루를 섞어 홍두깨로 밀어 호박을 썰어 넣고 양념장을 칼칼하게 곁들여 내오신다. 어머니의 칼국수 맛은 일품이다. 아버지의 손님 접대는 주로 칼국수였다. 어머니의 손맛이 내는 국수 맛을 모두 즐겼다. 사 남매였지만 사촌, 친척들에 둘러싸여 함께 밥을 먹었던 굴참나무 밥상, 오빠들 틈에서 먹는 밥은 반찬은 많지 않았지만 맛있고 달았다. 도회지에 산다는 이유로 우리 집은 공부하는 오빠들의 생의 징검다리 역할을 했다. 오빠들 틈에서 불편한 사춘기를 나는 몰래 보냈다. 호기심 어린 눈을 피해 몸의 변화를 홀로 끙끙 앓았던 나의 사춘기. 초경의 물컹한 질감과 붉은 빛깔은 고통스럽고 부끄러웠다.

집은 언제나 손님으로 붐볐다. 부엌은 자주 보신탕, 칼국수, 추어탕이 끓어 넘치는 뽀얀 연기로 가득차곤 했다. 막내인 내가 초등학교 입학하면서부터 육아에서 손을 뗀 어머니는 내가 학교 간 사이, 대구 중앙통에 위치한 한일극장이나 만경관에서 홀로 영화구경을 다녀오시곤 했다. 지금도 모든 드라마가 어머니의 즐거움이 되고 있다. 드라마 속의 슬픈 장면에 집중해 계실 때면 전화 받는 어머니의 음성도 그 슬픔 따라 젖어 계신다. 홀린 듯 화면을 바라보고 계실 어머니를 상상하기는 어렵지 않다. 이제 어머니의 삶은 지극히 단순화되어 있다.

내 운명에 자주 발목이 걸려 넘어진다. 넘어진 지점에서 외로움의 適所를 만들고 거기 갇혀 가만히 숨죽이며 살아간다. 가끔씩 나를 물고 수면 밖으로 뛰어오르는 내 시가 나를 살아 있게 한다. 단풍나무 그늘 밑에서 언니와 셋이서 옛날이야기로 꽃을 피운다. 나비가 배추밭 위를 날고, 대숲에선 산비둘기가 운다. 지극하게 행복한 한순간이다. 어릴 적 어머니의 무릎에 드러누워 들어왔던 옛날이야기는 내 시의 원천이 되었다. 신비와 幻과 픽션이 뒤섞인, 황홀한 신화의 세계에 들어가서 보이지 않는 것을 들여다보는 또 하나의 눈을 갖게 되었고, 시의 영토에 결국 발을 들여놓게 되었다. 어머니에 대한 애틋한 연서는 아직 못 다 쓴 채다.

떠나는 아침, 발걸음이 무겁다. 어머니의 머리카락이 차창 밖으로 억새처럼 흩날린다. 예리한 통증이 가슴 밑바닥을 훑고 지나간다. 누가 서로의 슬픔을 정확하게 읽겠는가. 어머니와 이별을 하고, 언니와 나는 시외버스 정류장에서 또 한 번의 이별을 한다. 저 연둣빛 잎이 초록이 되어 짙어지면 다시 만나자 약속하고 헤어졌다.

어머니처럼 다정한 말이 또 어디 있을까. 만나고 또 만나도 모자라는, 허기진 어머니와의 만남. 어머니의 시간은 하얀 민들레 씨앗처럼 부풀

어 올라 언제라도 날아갈 준비를 하고 있다. 늙음은 누구도 피할 수 없
는 불가항력의 삶의 통로다. 그러나 모성은 신성이며 최후의 보루이자
지고지순한 영역에 속한다. 노구임에도 어머니는 야윈 팔을 벌려 나무
처럼 깊고 푸른 그늘을 드리워 주려고 애쓰신다. 어머니의 힘은 이런
것이다.

박재화

- 디지털카메라
- 배롱나무 그늘에서
- 겨레와 더불어 역사와 더불어

〈산문〉
- 그 요염한 산등성이

디지털카메라

디카가 나오면서부터
한 해를 보내는 일이 심상해졌다
지난 사진들 정리하며 세밑에
작은 사연과 날짜
남기는 마음
자못 찡했는데
디카가 판치면서부터
사진첩을 잃고 말았다
이러다가 고향도 죽음도
디카로 몇 컷
올리고 내리듯
심상해지는 것 아닌가
언제 있었냐는 듯
언제 들렀냐는 듯
지상에서의 한때
지워 버리면 그만인

배롱나무 그늘에서

배롱나무 그늘에서
그 사람 생각합니다
뜨거웠는지 아니었는지 모르나
가슴 두근대던 사람 생각합니다
오래 만났는지 잠시였는지
또는 돌아선 건지
모르겠으나
눈물 절로 나는
한 사람 생각합니다

오늘, 배롱나무
사무칩니다

겨레와 더불어 역사와 더불어

오래전 독재와 허위의 시대
갈등과 분열의 시대
다들 숨죽여 침묵하고 있을 때
거짓을 거짓이라 말하지 못하고
불의를 불의라 지적하지 못하고
애써 외면하며 침묵에 잠길 때
그대들 분연히 일어섰구나
일어나 용감하게 외쳤구나
1960년 3월 8일
대전시 대흥동 320-2번지 대전고등학교
한모 교정의 건아들이여!

아유자 방관자 비겁자들 넘치는 세상에서
당해도 당한 줄 모르고
아파도 아픈 줄 모르는
무감각 세대 가운데
젊은 그대들 비로소 아파하였구나
맑은 이념 맑은 정신이 무엇인지를
진정한 오뇌가 무엇인지를
정녕 양심이 어떠해야 하는지를
아직 차가운 바람 속에서
그대들 온몸으로 보여 주었구나!

한두 사람
한두 학급이 아닌
일천 명 전교생이 일치단결하여
진리를 외치고 공의를 외치며
시민들을 깨우고
시대정신을 이끌었구나
자유
민주
정의
새 조국의
지순지고한 가치를
역사에 길이 드높였구나!

1960년 3월 8일
대전고등학교 교정을 나선 그대들
부사동과 공설운동장을 거쳐
소방호스 물세례, 페인트 콜타르 세례를 받으며
무장 경찰 늘어선 시가지에서
스크럼 짠 그대들이 피 토하며 외친
진실하고 순결한 함성이,
연행 학생들의 석방을 요구하며
주동자 전원이 자진 출두하여 당당히 조사 받던
참으로 두려움 모르는 희생이

전 국민을 깨웠구나
왜곡된 연대를 바로잡았구나!

1960년 3월 8일
바람 찬 대전 시가를 용감하게 내달리던 그대들
그 뜨겁고도 서릿발 같은 함성은
이내 대전상고와 충주 수원 부산 청주 서울…
여러 고교생들의 궐기를 부르고
마침내 위대한 4.19로 이어졌으니
그대들은 곧 혁명의 첨병!
이 나라 민주화운동의 전설!
아, 한모와 충청인의 자랑이어라!
겨레와 더불어
역사와 더불어
그 이름 영원히 빛날
한모 교정의 일천 건아들이여!

그 요염한 산등성이

벌써 마흔 해도 더 지난, 高1 여름방학 때의 일이다.

시골 고향에 가서 며칠을 보냈는데, 하루는 큰집 조카가 물고기를 잡으러 가자며 끌었다. 세 살 위의 그와 나는 비록 며칠간이긴 하지만 오래전부터 교분이 있었던 것처럼 죽이 잘 맞았다.

큰댁을 나와 한 오리쯤 가니 강이 나왔다. 금강 상류였다. 조카는 강을 거슬러 올라가며 물고기를 잡았다.

나는 조카를 뒤쫓아 가기도 바빴는데, 무엇보다 전기막대기로 물가 여기저기를 쿡쿡 쑤시면 물고기들이 배를 허옇게 드러내며 떠오르는 것에 놀라움을 금치 못하였다. 아주 어려서 고향을 떠나 도시에서만 살았기 때문에 시골의 모든 것이 낯설었지만, 특히 그 광경은 경악 그 자체였다. 상류라고는 하지만 꽤 넓고 깊은 물을, 헤엄칠 줄도 모르는 나는 겁에 질려 엉거주춤 조카를 따를 수밖에 없었는데, 때로는 돌을 밟아 미끄러지다 보니 윗옷까지 젖었다.

그날따라 햇빛은 몹시 따가웠고, 눈부신 하늘에 떠가는 뭉게구름은 사뭇 동화 같은 분위기였다. 주위의 산들과 강 양쪽으로 이어진 논밭은 온통 녹색의 향연이었고….

날이 뜨거워서인지 강에는 별로 사람이 보이지 않았다.

그래도 강가를 따라 내려오며 다슬기를 잡는 한 아주머니(아주머니라고 하기엔 좀 젊었지만)를 만났는데, 놀랍게도 그녀는 물에 젖은 옷이 몸에 착 달라붙어 가슴이 거의 그대로 드러나 보이는 것이 아닌가(브래지어도 모르던 시절이다)?! 나는 절로 얼굴이 붉어지고 가슴이 뛰어 얼른 시선을 돌렸다.

아무튼, 조카와 나는 꽤 고기도 잡았고, 어느새 한낮이 기울어가므로 이젠 돌아서야 했다. 아까는 강을 거슬러 올랐지만 이젠 신작로를 따라 내려왔다. 드물게 버스나 트럭이 지나가면 먼지가 폴폴 날렸다. 조카는 아무렇지 않은 듯했지만 나는 얼른 풀섶 쪽으로 피하며 코를 막곤 했다.

그렇게 십여 리를 걸었을까. 산골이라 그런지 해가 떨어지자 금세 어두워졌다. 주위에서 개구리와 맹꽁이가 어찌나 울어대던지… 요란하지만 결코 시끄럽지 않은, 그리고 그 신비한 어둠과 잘 어울리는 소리였다.

한참을 터덜터덜 걷던 우리는 이윽고 한 주막에 들어갔다. 배가 고프니 뭣 좀 먹자며 조카가 앞장섰던 것. 그는 주인아주머니랑 무어라 무어라 얘기하더니 잡은 물고기들을 건넸다. 이윽고 아주머니는 그것들로 매운탕을 끓여 주셨고, 사발에 드문드문 쌀이 섞인 보리밥까지 차려 주셨다.

내겐 돈이 전혀 없었고, 조카도 돈은 거의 없었던 듯싶다. 그래도 오래된 시골의 후한 인심 덕에 우리는 상큼하고 구수한 민물 매운탕에 고봉밥을 배불리 먹을 수 있었다. 그것도 막걸리까지 곁들여. 에누리 정도가 아니라 숫제 공짜였던 셈이다.

까까머리 高1짜리로는 그 모든 것이 아주 낯설고 놀라운 경험이었다.

조카가 이끄는 대로 주막을 나섰을 땐 난생 처음 마신 막걸리 탓인지 약간 알딸딸한 게 기분이 그만이었다.

다시 타박타박 신작로를 걸으며 먼 산을 보니 캄캄한 밤중에도 검디검은 산등성이가 또렷하게 구분이 되었다. 그 광경 또한 얼마나 환상적이고 고혹적이던지….

아까 강에서 만난 젊은 아주머니의 관능적인 모습이 떠오르고, 가슴은 또다시 쿵쾅거렸다.

어쨌거나 산골의 밤이, 그리고 한밤의 산등성이가 그처럼 요염하고 몽환적이란 것을 처음 맛본 열일곱 살 여름이었다.

박정이

안개 속에서 1

흔적부터 없애려고 합니다
눈, 코, 귀도 없앱니다
머리카락도 흩날리지 못합니다
햇빛과 목소리도 들여놓지 않습니다
초침 소리의 허리에서 내립니다
이곳에 있다는 것도 잊어 버립니다
마지막 속옷마저 벗어 버리고
몸을 씻어 내립니다
한 줌의 중량이라도 더 덜어내기 위해
보이지 않는 그림자마저 뚝 잘라냅니다
지워야 할 빛깔,
비워야 할 모든 것을 허공으로 채우고
그냥 떠납니다
모든 걸 감추기 위한 저 강 풀더미에 모여
살고 있는 아련한 햇빛
강물의 절벽 밑,
바람 소리는 허공을 다시 한 번 가르고
모딜리아니의 여인처럼
긴 목덜미의 시간이
아침을 향해 가고 있습니다
나를 가르치는 건 언제나 시간,
젖은 새처럼
고개를 끄덕이며 안개강 위에 서 있습니다

상사화

어둠 속 빌딩
투명 유리벽의
두 대의 엘리베이터
1층에서 올라가는 붉은 불빛
90층에서 내려오는 푸른 불빛
같은 시간을 맞추기 위해 오르고
같은 층에서 마주치기 위해 내려오고
내 목소리가 들리나요
시계를 보세요
그대 몇 층을 지나고 있나요
낯익은 불빛이 보이면
재빨리 정지 버튼을 누르세요
단, 1초 동안이라도
그대의 불빛 속으로
나의 불빛이 녹아든다면
무슨 색깔의 불빛이 될까요

붉은 엘리베이터 속으로 들어가면
붉은 꽃이 되고
푸른 엘리베이터 속으로 들어가면
푸른 꽃이 되고

그대와 같은 층에서
문이 마주 열리고

그대의 엘리베이터 속으로
들어갈 수 없는 나는,

반달 연못

그녀의 손톱은
오늘도 허공을 한뜸 한뜸 바느질하듯
반달 위에서 살며시 고개를 내민다

때론 반달 속에서
새 울음소리로 숲을 만들고
꽃피우지 못해도 색색의 과일들이 열리고
바람의 시린 맛도 허공에 스민다

그녀는 시간의 끝에 매달려 있는 하루를
계절을 드러낼 자신도 잊은 채
그녀의 손톱으로 하늘의 붉은 심장을
몽땅 꺼내 오기도 한다

그녀의 코발트빛 손톱은
숱한 생각들을 내밀어도 잡히지 않는
얼룩진 흔적들을 꿰매고 나서야
작은 반달 연못 속에 눕는다

오십 즈음에

아직도 이 나이에 내가 예술을 하고 있다는 게 어울리는지 모른다는 생각을 한다. 플라톤은 누구보다도 예술에 대해 비판적이었다. 그는 "예술을 반영의 반영"에 불과한 것으로 여겼다.

또 이렇게도 말한다. "침대의 본질 〈이데아〉를 흉내낸 이층 침대, 싱글 침대, 현실 속의 침대들을 그림이나 글로 다시 재현한 허깨비의 허깨비였다."고 표현하고 무엇보다 "예술이 기존 정치 질서를 뒤흔들릴 수 있기 때문에 불온하다."고 했다.

그러나 지금 나는 무엇을, 아니 이 나이까지 또 어떤 이상을 좇아 살아가고 있는지 생각해 본다. 물론, 나는 시인이다. 허나, 그 시 속에 내재되어 있는 어떤 것? 아니 어떤 이미지를 미친 듯이 나는 춤으로 표현한다.

지금도 나의 어떤 성장 소나타를 꿈꾸고 있는지 모른다. 한 편의 기록 영상처럼, 한 편의 시 이미지로 영상을 만들어 가고 있다. 때론, 구름을 타고 유월의 바람결에 취해 하얀 찔레향에 흠뻑 젖어 본다. 소녀처럼 넝쿨 찔레꽃 덫에 내 몸을 던지고 싶다.

그리고 내 안으로 들어오는 밤하늘을, 어둠을, 그리고 저 호수에 맺혀진 눈물 같은 웃음이 호수 옆에 노을이 사라질 때 두고 간 웃음까지도 내 안으로 흘러왔으면 좋겠다는 꿈을 꾸며 살고 있다.

그 어떤 걸로도 채울 수 없는 이 나이의 웃음을 지금 감추어 내재된 사랑의 근원들을 더더 행복으로 채울 수 있는 이 나이의 근원들을…….

아직도 내 안에 화로의 자궁 속에서는 움찔거리는 젊음의 작은 불씨들이 뜨거운 말들을 건넨다. 그가 두고 간 자리엔 허공이 아파 무너지려 하지만 그래도 그는 가녀린 나의 상처를 어루만져 주고 있다. 그래서인지 나는 햇빛의 탱탱한 젖을 먹고 깊은 마음속에 간직되어 있던 아픔들을 꺼내 밤마다 아무도 없는 바람의 말랑말랑한 젖가슴으로 그리움을 구워낸다.

비가 내리는 밤이면 어둠 속에서 테헤란로 불빛과 함께 서서히 늙어 가고 그 네온 불빛이 술에 취하면 때론 나도 취해 가고 밤 바람결은 나에게 고운 별빛을 쏟아내지만 참으로 가식이란 숙어를 내 순수한 가슴으로 씻어낸다.

비록 오십에 들어 서 있어도 아름답게 자연과 함께 아직 사랑을 꿈꾸어 가며 하루하루를 보낸다. 나날을 고독 속에서 지내지만 어쩌면 행복지수가 더 높을 수도 있다.

나는 나에게 묻는다. "내 마음의 끝자락이 어디 있나요?" 그러면 나는 대답한다. "내 마음의 끝자락은 멀리 있다고."

밤하늘에 떠 있는 별무덤들이 다 사라질 때까지…… 하얀 추련의 향이 천리로 내뿜어 가고 내 추억은 쉼표가 있을 수 없다고…….

한순간 세상을 출렁거릴 때도 날을 수 있는 모든 것들이 자유롭게 풀어놓은 허공처럼 노을이 짙게 깔린 그의 서리 내린 머리카락도 만남의 첫걸음처럼 이 세상이 깊이 잠들 때까지 사랑을 향해 물살 가르지 않으리라 다짐하며 침묵이 묻어 있는 시간일지라도 끝없이 연서를 받으면 답서를 하고 끝없이 춤을 추고 끝없이 판소리를 하고 끝없이 내 혼의 깊은 가슴속에 꽉꽉 채워가며 살아가리라.

내가 울고 싶을 땐 내 울음의 처리장이 있어 난 행복하다. 뭐든지 아니다 아니다란 말만 되풀이되는 건 이젠 싫다. 술에 취하고 싶으면 주춤하지 않고 바로 달려올 수 있는 친구를 불러내 술로 풀어내고 처벅처벅 돌아가는 뒷모습까지도 사랑하고 싶은 허물없는 친구가 나는 좋다. 그러나 술 깬 아침처럼 맑은 생시의 속 깊은 슬픔은 어떻게 무엇으로 달래야 하는가를…….

오늘은 유월의 테라스에 앉아 테헤란로 한복판에 있다. 녹음을 익히는 태양처럼 가슴으로 분홍 립스틱을 바르며 또 다른 나를 연출하기도 한다.

창가에 서서 저녁이 내리는 풍경을 지켜보고 저녁으로 들어가 사랑의 시를 쓰고 거리의 초록 잎들이 떨군 편지들이 이리저리 굴러다니는 아바 카페의 거리에서 분주하게 내 날개가 퍼득이고 있다.

시간 안으로 젖어 갈수록 내 기억은 또 하나의 이름을 테헤란로 사람들이 파도치듯 솟아올라 작은 자유를 묶고 있었던 텅 빈 기억을 붙잡을 때까지 한쪽 얼굴로만 울지 않으리라.

생의 바닥, 이슬 노을을 붙잡고 자유롭고 가벼운 새의 영혼으로 다시 태어날 그 시간까지 바람세인 쓸쓸한 거리 끝을 헤매고 싶지 않다. 그냥 손깍지 끼고 떨리는 듯한 맑은 내 목소리가 하늘을 향해 절규할 때까지 세상을 주유하는 여인으로 새벽빛에 스러지는 이슬처럼 저물녘 한때의 노을 같은 구름의 손짓을 향해 내 생을 살아가리라.

이젠 또다시 모든 잡념을 이끌어 오지 않으리. 절망의 끝, 허무의 끝 진실마저 얼어버린 허무를 세상 밖으로 던져 버리리라. 남은 내 인생 지금부터라도 내재된 내 끼를 한없이 펼치며 내 절절한 사연들을 시와 춤으로 그리고 예술의 혼을 담아 사랑의 굴레 속에서 행복하게 살아가리라.

　머지않아 다가올 이 독거노인의 아름다운 삶을 위하여 파이팅! 아~
아름다운 내 나이 오십 즈음에 들어서서.